小学生
学会自我管理
的100个故事

主编：高长梅

九州出版社 JIUZHOUPRESS | 全国百佳图书出版单位

图书在版编目（CIP）数据

小学生学会自我管理的100个故事/高长梅主编．–北京：
九州出版社，2010.2（2021.7 重印）

（"读·品·悟"小学生成长必读系列．第3辑）

ISBN 978-7-5108-0241-6

Ⅰ．①小 ...　Ⅱ．①高 ...　Ⅲ．①故事—作品集—世界
Ⅳ．① I14

中国版本图书馆 CIP 数据核字（2010）第 014918 号

小学生学会自我管理的 100 个故事

作　　者　高长梅　主编

出版发行　九州出版社

地　　址　北京市西城区阜外大街甲 35 号（100037）

发行电话　（010）68992190/3/5/6

网　　址　www.jiuzhoupress.com

电子信箱　jiuzhou@jiuzhoupress.com

印　　刷　北京一鑫印务有限责任公司

开　　本　720 毫米 × 1000 毫米　16 开

印　　张　9.5

字　　数　125 千字

版　　次　2010 年 3 月第 1 版

印　　次　2021 年 7 月第 11 次印刷

书　　号　ISBN 978-7-5108-0241-6

定　　价　29.80 元

目录

1 健康的身体不怕传染

　　男孩是个品学兼优的好学生，但他总爱跟那些大家公议的"坏学生"在一起。老师善意地劝告他要注意自己"好学生"的形象，但男孩有自己的主见：如果我真变"坏"了，也只能说明我自己在本质上并不是一个好学生，又怎么怨得了别人呢？如果我是健康的，我不怕被别人传，因为健康的身体是不会被传染的；如果我是好的，我不怕别人教我学坏，因为好人是不会学坏的。

　　是啊，如果一个人真正做到了思想和行为的双重健康，也就自然不会沾染所谓的恶习。让我们从小学会自我约束，学会自我管理，使自己拥有一个健全而美好的人生。

目录

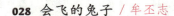

2 会飞的兔子

一只兔子望着山涧对面草地上葱葱茏茏的绿草很是眼馋。它想，要是我有一双翅膀能飞过去该多好啊。一天，这只兔子又站在山涧边望着对面的青草发呆。这时，忽然一股大风把它刮到了对面那块草地上。动物们都以为它是只会飞的兔子，对它崇拜至极。在一片吹捧中，兔子也有些飘飘然了。后来，它决定再为动物们亲自表演一次。它站在山涧边，奋力向对面一跃。这一次，它没有跳到对面的草地上，却落到了深深的山涧里。可怜的兔子因为不自量力而丢掉了自己的性命，也给我们大家上了生动的一课。

3 捡起地上的鸡毛

一个女孩来找圣菲利普，说别人都不喜欢她，为此感到很苦恼。圣菲利普了解到她有个喜欢对别人说三道四的坏习惯，就让她到市场上买一只鸡，边走边拔鸡毛，并把拔下的鸡毛散落在路上，拔完后再原路返回，把刚才拔下的鸡毛再都捡起来。女孩很快就把拔下的鸡毛扔完了，可再捡鸡毛时，她却犯了难，因为许多鸡毛已经被风吹得找不到了。

圣菲利普对她说，这就像你平时说的闲话一样，随口而出，可想收回来却不可能了。你的话伤害了别人，所以别人才会不喜欢你。小女孩听完后重重地点了点头。小女孩明白了，那我们呢？

4 重要的是选准方向

在撒哈拉沙漠腹地有一个小村庄叫比塞尔，要走出这块沙漠，需大约三昼夜的时间，因贫困所迫，村民曾一次次试图离开那里，但最终都无功而返。1926年英国皇家科学院院士肯·莱文，经过亲身尝试解开了人们的困惑——比塞尔人之所以走不出沙漠，是因为他们没有指南针，又不认识北斗星。他教比塞尔人沿着北斗星指引的方向行走，只用了三天，就走出了大沙漠。

所以，许多时候，仅有热情和能力是远远不够的，最重要的是要选准成功的方向，只要朝着明晰的方向努力，你才会离成功越来越近。

目录

5 爱因斯坦的镜子

　　爱因斯坦小时候是个十分贪玩的孩子。一天，父亲给他讲了一个故事：有一次父亲和邻居杰克大叔去清扫工厂的大烟囱，进烟囱时杰克大叔在前面，父亲在后面，打扫完烟囱后，父亲的脸上比较干净，而杰克大叔却弄了个大花脸。父亲以为自己的脸也像杰克大叔的脸一样脏，所以就到河里去洗了又洗。而杰克大叔以为自己的脸像父亲的脸一样干净，所以只洗了洗手就到市场上去了。市场上的人们竟把他当成了疯子，指指点点、窃窃私语，而他却一头雾水，不知所以然。

　　父亲对爱因斯坦说："其实，别人谁也不能做你的镜子，只有自己才是自己的镜子。"

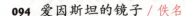

6 画出最丑的自己

　　萨班哲是土耳其的超级富豪，然而，这位富豪却有个与他的财富一样"杰出"的怪癖：他供养着一群土耳其最好的漫画家并让这群漫画家随心所欲地画他自己的漫画，谁画得最丑，谁就能得到大大的一笔奖励。工作之余，萨班哲就徜徉在大厅里，一幅一幅地欣赏着自己的"靓照"。

　　人生难免有一些无法回避的缺憾和磨难，就像面对最丑的自己，既然无法选择，就不如坦然面对。萨班哲不仅是个富人，更是一位智者。

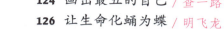

只看我所有的，不看我所没有的。人立命于世，首先要自尊自重，我们没有理由抱怨什么，如果遭到歧视，决不低头，在强大的势力面前不卑不亢，这样才会赢得别人的敬重。

第**1**辑
健康的身体不怕传染

男孩是个品学兼优的好学生，但他总爱跟那些大家公议的"坏学生"在一起。老师善意地劝告他要注意自己"好学生"的形象，但男孩有自己的主见：如果我真变"坏"了，也只能说明我自己在本质上并不是一个好学生，又怎么怨得了别人呢？如果我是健康的，我不怕被别人传染，因为健康的身体是不会被传染的；如果我是好的，我不怕别人教我学坏，因为好人是不会学坏的。

是啊，如果一个人真正做到了思想和行为的双重健康，也就自然不会沾染所谓的恶习。让我们从小学会自我约束，学会自我管理，使自己拥有一个健全而美好的人生。

苏珊与王冠 文 佚 名

"那什么时候我还可以像以前一样,是您最亲爱的小女孩呢?"

"现在就可以。"奶奶回答后慈祥地亲吻了一下苏珊的前额。

"苏珊,你要和我们一起去吗?"几个小女孩问她们的同学,"苏珊,我们去树林玩,你也一起去吧!"

"我本来很想去的,"苏珊叹了口气,又说,"可是,我还没有完成奶奶布置给我的任务呢。"

"假期还要在家干活,"一个女孩摇摇头说,"你奶奶管得也太严了!"

苏珊听了这句话,更难过了,她擦了擦伤心的眼泪,想着伙伴们要去树林里采美丽的花,那将是一个多么美好的下午呀!可自己还要辛苦地干活。

突然,一个想法在她头脑中闪现:"改变奶奶在长袜上指定的纹路,应该不会有事的!今天树林一定很美,我应该和她们一起去。"

"奶奶,"几分钟后,她说,"我做完了。"

"这么快啊!苏珊。"她奶奶拿起长袜,把眼睛靠近袜子看了一下。"好的,苏珊,"她用一种特别强调的语气说,"我数出了纹路有20个转折处,你不会骗奶奶的,剩下的时间,你可以出去玩了。"

听了奶奶的话,苏珊只觉得脸上在发烧,她连"谢谢"也没说,就离开了小屋。她慢腾腾地走着,完全变了副样子。

"喂,苏珊!"女孩子们叫到,她加入了她们的队伍。"你不干活了吗? 你怎么舍得离开你那可爱的奶奶呀!"她们和她开玩笑说。

"没什么事了。"苏珊回答道,她觉得自己在欺骗自己,她撒谎了。这时她耳边又响起了奶奶的话:"你不会骗奶奶的。"

"可是我已经骗她了,"她心里想,"如果奶奶知道,她以后肯定不会再相信我了。"

她们在树林中的一块空地上停了下来,开始玩耍。苏珊的伙伴们都尽情地玩着,只有她一个人坐在草地上闷闷不乐的,她在想着怎样回家向奶奶坦白。

过了一会儿,罗斯忽然说:"我们用紫罗兰编一个王冠吧,把它送给我们这里最好的女孩子。"

"编王冠很容易,可是谁戴它呢? "朱莉娅问道。

"噢,当然是给苏珊了,"罗斯说,"她不仅成绩优秀,而且在家是最听话的。"

"对,对,王冠应该给苏珊。"其他女孩子都说。她们开始编王冠,不一会儿就编好了。

"现在,"罗斯对苏珊说,"请你庄重地戴上它吧,你将是我们的女王! "

罗斯边说,边把王冠戴到苏珊的头上,苏珊却立刻把王冠摘下来扔到了地上。她说:"我不配的,不要给我戴王冠。"

女孩子们惊讶地望着她。"我已经骗了我的奶奶。"苏珊说着,两行眼泪顺着脸颊流了下来,"我为了来这里玩,改变了奶奶定的长袜上的纹路。"

"那有什么呀! "一个女孩说到。苏珊摇了摇头,"我觉得这样做很不好,我在这里一直都很难过。"

苏珊跑回了家,她顾不得自己的心还在咚咚直跳,就去对奶奶说:"奶奶,对不起,我改变了您指定的纹路,我该受罚,请您原谅我,好

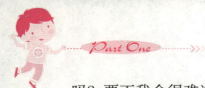

吗？要不我会很难过的。"

奶奶微笑地说："我知道的。我让你出去，是想让你自己知道错了，现在你承认了错误，知道悔过，我很高兴。"

"那什么时候我还可以像以前一样，是您最亲爱的小女孩呢？"

"现在就可以。"奶奶回答后慈祥地亲吻了一下苏珊的前额。

诚实，是一个人快乐的源泉。苏珊虽然用谎言换来了一个下午的玩耍时间，但是和小伙伴们一同玩耍的她，却始终都处于内疚中。整个下午，她并不快乐。所以，无论是在父母亲人面前，还是在老师同学面前，我们都应该做一个诚实的孩子，因为只有诚实的孩子才有资格戴上美丽的王冠，才能拥有真正的快乐。

文 杨伟静

一生中最珍贵的财富 文 佚 名

名誉是不可以贱卖的，否则威灵顿的盛名也不会流芳千古了。

1815年6月，威灵顿公爵统率反法联军在滑铁卢大败拿破仑军队，因此声名大噪。但他回到英国后并没有因此而自恃功高，而是依旧谦恭待人。

一直以来，他就想买下家旁边的一块空地，于是他让部下去跟地主商议买卖这片空地的事宜。由于地主正好缺钱,加上知道买主是赫赫有名的威灵顿公爵,买卖很快就成交了。

当那位部下兴冲冲地回报已成交时,威灵顿问:"你用多少钱买的?"部下得意地说:"本来那块地值1500英镑,但我用1000英镑就买下来了。我报上公爵的名号,对方还吓得直发抖呢……"

威灵顿向来视自己的名誉为一生中最珍贵的财富,便打断了部下的话,斥责道:"你把我的名誉以500英镑的价钱贱卖了?!"第二天,威灵顿立即派人给那位地主送去了500英镑。

的确,名誉是不可以贱卖的,否则威灵顿的盛名也不会流芳千古了。

管理加油站

名誉,是一个人一生中最珍贵的财富。一个懂得爱惜自己名誉的人,必定有强烈的荣誉感和羞耻心。他们总是严格要求自己的言行,一旦知道自己错了,即便没有人发现,没有人指责,他们也会自责,并想办法改正。就像文中的威灵顿公爵一样,虽然对方没有指责他,但他还是主动送去了那位地主应得的钱。也正是因为威灵顿能够处处严格要求自己,所以才使得他的盛名流芳千古。

文 杨伟静

糖果与人生 文 贾 文

能够从小就抵抗诱惑的人,命运一定会给他们更多的奖赏!

　　1960年的一天,美国斯坦福大学附属幼儿园里来了几个年轻人,他们挑选了一些4岁左右的孩子(多数为斯坦福教职员及研究生的子女),其中一个年轻人带他们在一个房间里玩耍,并拿出了糖果让他们品尝。糖果非常好吃,以至于每一个吃过糖果的孩子都眼巴巴地看着这个年轻人,希望再得到一些。

　　年轻人又给了每个孩子一颗糖果,并且告诉他们说:"大哥哥要出去办点事,这块糖果你们可以马上就吃,但是如果有谁愿意等我回来再吃,我愿意再给他一颗。"说完他就走出了房门。

　　有的孩子实在忍受不了那美味糖果的诱惑,在年轻人前脚刚迈出房门的时候就迫不及待地吞下了糖果;有的孩子虽然想要两颗糖果,但终究还是犹豫着把仅有的那颗放进了嘴巴;剩下的一些孩子也许是太想拥有两颗糖果了,因此他们很耐心地等待着,为了抵制肚里的馋虫,他们或是闭上眼睛不看糖果,或是把头埋入手臂,或是自言自语,还有的唱歌跳舞转移自己的注意力。经过了漫长的十多分钟,年轻人终于回来了,而那些坚持等到他回来的孩子也终于领到了自己的奖品。

　　其实那个年轻人就是后来非常著名的心理学家沃尔特·米伽尔,

这次的"糖果试验"就是为了了解孩子的性格特征对他们未来人生的影响而做的。此后,沃尔特·米伽尔又对这些孩子进行了跟踪调查。

十几年后这些孩子成长为青年,试验的预言能力也逐渐明朗,那些拿到糖果就冲动地塞进嘴巴的孩子多表现出了一些较负面的共同特征,如让人觉得难于接触,顽固而优柔寡断,容易因挫折而丧志,认为自己是坏孩子或无用,遇到压力容易退缩或惊慌失措,容易怀疑别人及感到不满足,易嫉妒或羡慕别人,因易怒而常会与人争斗,而且和小时候一样无法压抑立即得到满足的冲动。

而那些在四岁时就能抵抗诱惑的孩子则显得社会适应能力较强,较具自信,人际关系较好,也较能面对挫折;在压力下几乎不会崩溃、退却、紧张或乱了方寸,并能积极迎接挑战,面对困难也不轻言放弃,在追求目标时也和小时候一样能压抑立即得到满足的冲动。

后来,沃尔特·米伽尔在他们考大学时又进行了最后一次评估,结果发现,那些耐心等待的孩子在校表现比其他的孩子优异很多,这类孩子的入学考试成绩普遍较优。在那些最迫不及待拿走糖果的小孩当中,三分之一的平均语言成绩524分,算术528分;而等待最久的三分之一的孩子,这两项分数平均为610分与652分,总分差距竟然多达210分。

由此可见,能够从小就抵抗诱惑的人,命运一定会给他更多的奖赏!

管理加油站

大家都有过这样的经历吧?坐在屋里写作业的时候,听到了外面小朋友的嬉笑声,就会不由自主地走到窗前一看究竟……在我们漫长的人生中,还会遇到各种各样的诱惑,千万不要为了眼前的风景而错过了成长路上更加动人的景色。正如文中所说,能够从小就抵抗诱惑的人,命运一定会给他更多的奖赏!

文 杨伟静

一句话一辈子 <small>文 陆勇强</small>

都说人生的关键只有几步,其实,人生最关键的话也只有几句。

多年前,一个15岁的男孩来到杭州胡庆余堂做学徒。在去胡庆余堂的路上,他的小脚老祖母颤巍巍地送他,一路上只对他说了一句话:"老老实实做人,规规矩矩做事。"男孩记住了这句话。

当学徒很辛苦,每天要干十几个小时的活儿。清晨四五点钟就得起床,打扫屋里屋外的卫生,擦拭摆放在柜台上的器具,然后又要服侍师傅起床,帮他倒洗脸水。

尽管这样,但他得到的报酬却很低,除了混饱自己的肚皮外就所剩无几了。

有天凌晨,男孩在打扫卫生时发现地上躺着几枚钱币,面值大约相当于现在的五元钱。他很需要钱,在身边没人的情况下,他完全有条件把钱占为己有,但他没有这样做;他把钱捡起来,天明的时候交给了师傅。

这样的事后来发生过多次,每次师傅见他来交钱时总是不置可否。在外人看来,他是一个笨小孩,做事一板一眼,不懂得变通。况且,有些学徒变着法子偷懒,他却不会那样做。

治咳嗽有一味药叫鲜竹沥,需要用火烤毛竹蒸出的水分。这是一件细致活,几两鲜竹沥往往要在火堆旁蹲上个把时辰。男孩就老老实实地烤,一点一滴地收集,从来没想过往鲜竹沥中掺点水。

　　如果按现在有些人的观点来看,这样的学徒成不了大器,他缺乏商人应有的灵活和世故。但他现在的身份却是杭州某著名药厂的老总,他创建的品牌已经热销了二十多年。他靠的不是灵活,而是诚信和戒欺。

　　在接受记者采访时,他多次提到他的小脚祖母。他说当学徒那阵清早捡到的钱币,都是师傅故意放在地上的,他知道原委已是多年以后。如果当时他把钱币放到自己的口袋中,他的人生肯定会是另外一种样子。

　　都说人生的关键只有几步,其实,人生最关键的话也只有几句。

管理加油站

　　小学徒成功的故事告诉我们:一个人要想有所成就,除了踏踏实实地努力工作,还要始终以真诚的态度对待每一个人和每一件事,更要学会抵制来自身边的各种诱惑。小脚老祖母的话是用她一生的经历总结出的一句箴言:"老老实实做人,规规矩矩做事。"这句话同样应该成为我们每一个人的人生箴言。

文　张　霞

终生受益的一次钓鱼 文 （美）伦费斯蒂 易镜荣/译

正如他父亲所教诲他的：伦理道德其实是正确
与错误的简单事情，难就难在真正做到有道德，尤
其是当人们独处尘世的时候。

在新汉普舍尔湖心岛上，一个11岁的孩子常常坐在他家小屋前的
码头旁静心于湖中垂钓。

在开禁捕鲈鱼的前一天晚上，他和父亲很早就来到了湖边，撒出
蛆虫来诱惑鲈鱼和翻车鱼。孩子把银白色的小饵食穿在渔钩上掷往
湖中。在落日的余晖里，它们激起阵阵多彩的涟漪，水波又随着月亮
的照射，荡漾起圈圈银光。

当渔竿被有力地牵动时，孩子明白水底下有个大东西上钩了。父
亲在一旁赞赏地看着儿子敏捷熟练地沿着码头慢慢收钩。

他小心翼翼，终于把一条精疲力竭的大鱼提出了水面。呵！这是
他见过的最大的一条鱼！是条鲈鱼！

父子俩兴奋异常地瞧着这尾大鱼，月光下隐约可见鱼鳃还在熠熠
翕动呢。父亲划根火柴看看手表，整10点——离开禁时间还差两个小
时。

父亲看看鲈鱼，又看看儿子，终于说："孩子，你必须把鱼放回湖里
去。"

"爸爸！"儿子不禁叫了起来。

"我们还钓得到其他的鱼。"

"哪里能钓得到这么大的一条!"儿子大声嚷着。

与此同时他举目环视湖面及四周,朗朗的月光下见不着任何钓鱼的人和捕鱼的船。他又眼巴巴地盯着父亲。尽管此时此刻没有任何人看见他们,也不会有谁知道他是什么时候钓到这条鱼的,但是从父亲坚定的语调里,孩子明白父亲的决定毫无通融的余地。他只好慢慢地从大鲈鱼口中拔出鱼钩,把它放回到深深的湖里。鲈鱼扑腾扑腾摆动了一下它壮实的躯体便销声匿迹了。儿子满腹惆怅,他想他再也不会钓到这么大的鱼了。

事情过去几十年了。现在那孩子已成为纽约一位功成名就的建筑师。他父亲的小屋仍然伫立在湖心小岛上。而今已为人父的他也常常带着自己的儿女到当年的码头去领略钓鱼的乐趣。

他没有说错,他再也没有钓到过那天晚上那么大的令人爱不释手的鱼。然而,在现实生活的为人处世中,每当遇到有悖于良心道德的事情时,他眼前总是会一次又一次地浮现出那条难忘的大鲈鱼。

正如他父亲所教诲他的:伦理道德其实是正确与错误的简单事情,难就难在真正做到有道德,尤其是当人们独处尘世的时候。

如果我们年轻时受过类似这种放鱼回湖的教育,这是非常有益的,因为我们学会了诚实。"为人不做亏心事",永远启人心扉。

并且我们应该骄傲地把这个故事告诉给朋友和我们的子孙。

管理加油站

男孩的生命中,有一条难忘的"大鲈鱼"在时时鞭策着他,让他在伦理道德面前,始终能够约束自己的行为,坦坦荡荡地做一个正派的人。这件事虽然看似平淡无奇,却在无形当中改变了他的一生。我们每个人的生命中也应该有一条这样的"鲈鱼",让它来时刻鞭策我们做一位有道德的人。

文 张霞

健康的身体不怕传染 文 城市孤烟

> 如果我真的变"坏"了,也只能证明我自己在本质上并不是一个好学生,又怎么怨得了别人呢?如果我是健康的,我不怕被别人传染,因为健康的身体是不会被传染的;如果我是好的,我不怕别人教我学坏,因为好人是不会学坏的。

一位小朋友染上了很麻烦而且易传染的皮肤病,为了自家孩子的健康,很多家长都告诫各自的孩子不要再跟那位小伙伴接触。

但有一个小男孩例外,他仍然跟以往一样,与患病的伙伴一起上学放学,一起玩耍。邻居们都感到奇怪:这位小男孩的父母都是医生,他从小受到的卫生教育理应比别人多,他没有理由不知道那样做很"危险"啊!

有好心的邻居阿姨提醒小男孩,小男孩看了看阿姨,回答说:"妈妈告诉我,健康的身体是不怕被传染的!"

果真,直到患病的小伙伴痊愈,这位小男孩也没有被传染。

好几年过去了,这位小男孩长成了大男孩,上了高中,是一个品学兼优的好学生。但是老师发现他有一个"缺点",就是爱跟那些大家公认的"坏学生"在一起。这当然不是什么好兆头!因此,老师善意地劝告他要注意自己"好学生"的形象。但是男孩自有他的主见:如果我真的变"坏"了,也只能证明我自己在本质上并不是一个好学生,又怎么怨得了别人呢?如果我是健康的,我不怕被别人传染,因为健康的身体是不会被传染的;如果我是好的,我不怕别人教我学坏,因为好人是不会学坏的。

"健康的身体是不怕被传染的。"男孩子说,眼睛亮亮地看着老师。

管理加油站

"健康的身体是不会被传染的。"同样,如果一个人真正做到了思想和行为的双重健康,也就自然不会沾染一些所谓的恶习。成长的过程中,外在环境固然重要,但更重要的是我们的内心。只要我们保持一颗纯洁的心,就会"出淤泥而不染,濯清莲而不妖。"

○文 张 霞

鲁迅刻 "早" 字 _文 佚 名

> 在那些艰苦的日子里,每当他气喘吁吁地准时跑进私塾,看到课桌上的"早"字,他都会觉得很开心,心想:"我又一次战胜了困难,又一次实现了自己的诺言。我一定会加倍努力,做一个信守诺言的人。"

鲁迅先生于1881年9月25日,出生于绍兴城内都昌坊口一个没落的士大夫家庭。鲁迅原名周树人,他是中国现代著名的文学家、思想家和革命家。

鲁迅自幼聪颖勤奋,三味书屋是清末绍兴城里的一所著名的私塾,鲁迅12岁时到三味书屋跟随寿镜吾老师学习,在那里攻读诗书近5

年。鲁迅的座位，在书房的东北角，他使用的是一张硬木书桌。现在这张木桌还放在鲁迅纪念馆里。

鲁迅13岁时，他的祖父因科场案被逮捕入狱，父亲长期患病，卧床不起，家里越来越穷，他经常到当铺卖掉家里值钱的东西，然后再去药店给父亲买药。有一次，父亲病重，鲁迅一大早就去当铺和药店，回来时老师已经开始上课了。老师看到他迟到了，就生气地说："十几岁的学生，还睡懒觉，上课迟到。下次再迟到就别来了！"

鲁迅听了，点点头，没有为自己做任何辩解，低着头默默地回到了自己的座位上。

第二天，他早早来到学校，在书桌右上角用刀刻了一个"早"字，心里暗暗下定决心：以后一定要早起，不能再迟到了。

以后的日子里，父亲的病更重了，鲁迅更频繁地到当铺去卖东西，然后到药店去买药，家里很多活都落在了鲁迅的肩上。他每天天不亮就起床，料理好家里的事情，然后再到当铺和药店，之后又急急忙忙地跑到私塾去上课。虽然家里的负担很重，可是他再也没有迟到过。

在那些艰苦的日子里，每当他气喘吁吁地准时跑进私塾，看到课桌上的"早"字，他都会觉得很开心，心想："我又一次战胜了困难，又一次实现了自己的诺言。我一定会加倍努力，做一个信守诺言的人。"

后来父亲去世了，鲁迅继续在三味书屋里读书。私塾里的寿镜吾老师，是一位正直、质朴和博学的人。老师的为人和治学精神、那个曾经让鲁迅留下深刻记忆的三味书屋和那个刻着"早"字的课桌，一直激励着鲁迅，让他人生道路上不断地前进。

鲁迅17岁时离开三味书屋，18岁考入免费的江南水师学堂，后来又公费到日本留学，学习西医。1906年鲁迅放弃了学医，开始从事文学创作，先后在北京大学、北京师范大学等学校任教，成为中国新文学运动的倡导者。鲁迅是中国文坛的一位巨人，他的著作全部收入《鲁迅全集》，被译成五十多种文字在世界上广泛地传播。

管理加油站

在通往成功的路上,没有一帆风顺的,要想成功,就必须付出比别人更多的努力。在鲁迅先生的学习生活中,始终都有一个深深地刻在书桌上的"早"字鞭策着他,促使他不断地进步。与鲁迅先生相比,我们的学习环境不知要优越多少倍,但有时候越是优越的条件越能使人变得懒惰。所以,我们应该学习鲁迅先生的精神,将"早"字刻在我们的心上,时刻督促我们不断进步。

✍ 李元军

不该要的奖励 ✍王 奕

在他们看来,这个小"男子汉"应当学会对自己行为的后果负担起他能负的责任,这孩子打碎了邻居家的玻璃,为了赔偿这块玻璃,他几乎花掉了自己所有的零花钱。但是,他决不会因此得到父母一分钱的"财政补贴",如果钱不够的话,父母可以考虑借钱给他,但他必须有自己的还款计划。

日本著名学者高桥敷先生,在他的一本书中,曾经详细地记述了这样一个真实的故事:

当年,高桥敷先生在秘鲁的一所大学任客座教授,曾与一对来自美国的教授夫妇比邻而居。有一天,这对夫妇的小儿子不小心将足球踢到了高桥敷先生的家门上,一块玻璃被打碎了。

第二天一大早,那个孩子自己在出租车司机的帮助下,送来了一块玻璃。小家伙彬彬有礼地说:"叔叔,对不起。昨天我不留神打碎了您家的玻璃,因为商店已经关门了,所以没能及时赔偿。这种事情再也不会发生了,请您相信我。"

理所当然地,高桥敷夫妇不仅原谅了他,而且喜欢上了这个诚实的孩子,他们款待孩子吃了早饭,还送了他一袋日本糖果。

然而那对美国教授夫妇却出面了。他们将那袋还没有开封的糖果还给了高桥敷夫妇,并且解释了不能接受的理由:孩子在闯了祸的时候,不应该得到奖励。

在他们看来,这个小"男子汉"应当学会对自己行为的后果负担起他能负的责任,这孩子打碎了邻居家的玻璃,为了赔偿这块玻璃,他几乎花掉了自己所有的零花钱。但是,他决不会因此得到父母一分钱的"财政补贴",如果钱不够的话,父母可以考虑借钱给他,但他必须有自己的还款计划。

他的父母之所以这样做,是让他为自己的过失付出代价。只有付出这种代价之后,他才能懂得这个宝贵的人生教训。

管理加油站

中国有句古话叫做"好汉做事好汉当",意思是说,我们一旦做了损害他人利益的事,不应该逃避责任,而应该主动向别人道歉、赔偿损失。这样做不仅会得到他人的原谅,还会培养我们的自律精神,使我们从小就学会对自己的言行负责。在这一点上,文中的美国小朋友做得就很好,非常值得我们学习。

文 李元军

居里夫人的三克镭 文 田 里

社会需要善于实践的人,他们能从工作中取得较大的收获,既不忘记大众的福利,又能保障自己的利益。但人类也需要梦想者,也需要醉心于事业的大公无私的人。

1920年5月,一位名叫麦隆内夫人的美国记者,几经周折终于在巴黎实验室里见到了镭的发现者——居里夫妇。端庄典雅的居里夫人与异常简陋的实验室,给这位美国记者留下了深刻的印象。此时,镭问世已经10年了,它当初的价值曾高达75万法郎。美国记者由此推断,仅凭专利技术,应该早使眼前这位夫人富甲一方了。

但事实上,居里夫妇在18年前就已经放弃了他们的专利,并毫无保留地公布镭的提纯方法。居里夫人的解释异常平淡:"没有人应该因镭致富,它是属于全人类的。"

麦隆内夫人困惑不解地问:"难道这个世界上就没有您想要的东西吗?"

"有,一克镭,以便我的研究。可18年后的今天我却买不起,因为如今它的价格太贵了。"这出乎意料的回答,使麦隆内夫人感到十分惊讶。镭的提纯技术已使世界各地的商人腰缠万贯,而镭的发现者却困顿至此! 她立即飞回美国,先找到了几个女百万富翁,以为她们肯定会解囊相助,但却碰了壁。这使麦隆内夫人意识到,这不仅仅是一次金钱的需求,更是一场呼唤公众理解科学、弘扬科学家品质的社会教育。于

是,她在全美妇女中奔走宣传,最终获得了成功。

　　1921年5月20日,美国总统将公众捐献的一克镭赠与居里夫人。数年之后,当居里夫人想在自己的祖国波兰华沙创设一个镭研究院治疗癌症的时候,美国公众再次为她捐赠了第二克镭。

　　一些人认为,居里夫人在对待镭的问题上固执得让人难以理解,居里夫人在后来的自传中回答了这个问题:"他们所说并非没有道理,社会需要善于实践的人,他们能从工作中取得较大的收获,既不忘记大众的福利,又能保障自己的利益。但人类也需要梦想者,也需要醉心于事业的大公无私的人。"

　　如果把镭的提纯技术据为己有的话,居里夫人肯定会成为一个腰缠万贯的人。可是实际上,在利益面前,她首先想到的不是个人,而是整个人类。因此,居里夫人是人类的梦想者,是一个真正的醉心于事业的大公无私的人。

谁拉你走向了平庸 文 马 德

我们原本是优秀的,只不过,是我们缺乏自信的内心,一步一步地把我们自己从优秀的高地上拉下来,一直拉到了平庸的位置上。平庸,是人生的一场灾难,也是人生的悲剧。只是,更多的时候,是我们自己,为自己导演了这场灾难和悲剧。

有这样一个实验:一个长跑运动员参加一个5人小组的比赛,赛前教练对他说,据我了解,其他4个人的实力并不如你。于是,这个运动员很轻松地跑了个第一名。后来,教练又让他参加了另外一个10人小组的比赛,教练把其他人平时的成绩拿给他看,他发现别人的成绩并不如自己,他又轻松地跑了个第一名。再后来,这个运动员又参加了20人小组的比赛,教练说,你只要战胜其中的一个人,你就会胜利。结果,比赛中,他紧跟着教练说的那个运动员,并在最后冲刺时,又取得了第一名。后来,他们换了一个地方,赛前,关于其他运动员的情况,教练并没和他沟通过。在5人小组的比赛中,他勉强拿了一个第一名;后来在10人小组的比赛中,他便滑到了第二名;20人的比赛中,他仅仅拿了一个第五名。而实际的情况是:这次各个组的其他参赛运动员与第一次的水平是完全相同的。

这使我想起自己上学时的经历来了。在小学时,我是班里的佼佼者,觉得第一非自己莫属。升到了初中后,人多了,觉得自己能考前10名就不错了,于是一旦考到了前10名,便沾沾自喜。高中后,定的目标

更低,常会安慰自己:高手这么多,已经不错了。就这样,我一步步地从优秀走向了平庸。

是的,生活中,不会永远有人告诉我们,竞争对手的实力和能力。于是面对着周围越来越多的人,我们茫然不知所措,或者妄自菲薄,主动地把自己"安排"到一个较低的位置上。这也许是前进的路上,许多人都要走的一条路。一个著名的企业经营家曾说过:"一个优秀的人才,他的自信力是恒久不衰的!"是啊,即使你曾经是一块金子,但缺乏自信心,就会让自己黯然褪色成一块铁,甚至甘心堕落成一粒沙子,长久地淹没在沙土里,不被人发现。我们原本是优秀的,只不过,是我们缺乏自信的内心,一步一步地把我们自己从优秀的高地上拉下来,一直拉到了平庸的位置上。平庸,是人生的一场灾难,也是人生的悲剧。只是,更多的时候,是我们自己,为自己导演了这场灾难和悲剧。

管理加油站

从小到大,我们每个人的内心中,都希望自己能够远离平庸,成为一个优秀的人。那么,怎样才能使自己远离平庸,一步一步地走向成功呢?一个很重要的秘诀就是自信。一个人只有自信,才能够始终保持积极的心态,而只有常怀积极的心态,才能使我们一步一步地走上优秀的高地。所以,我们应该每时每刻都把自信放在心里,写在脸上,不管遇到什么困难,都对自己说——我行!

文 李元军

在好人的跑道上前行 文 罗 西

是的,李建业之所以一直能碰上"机遇女神",是因为他一直善待遇见的每一个人,在他看来,每一个人都像他父亲说的那样,是"厉害的人"。

初见他的时候,他是一家五星级宾馆的迎宾员,专门给客人开车门、提行李。当时,因为福州有一场演出,请了许多明星,作为该台晚会的编外人员,我参与了接待来宾的工作,当时我与香港明星柯受良先生同坐一辆车,抵达的时候,已经是午夜,这个男孩训练有素地开了车门,用手优雅地护着柯先生的头,以免磕碰……还分别用闽南话与粤语跟他打招呼问安。柯先生很惊喜,便客气地询问他的名字,想不到他居然很快地从口袋里掏出自己的名片,一张给柯大哥,一张给我……这样,我们就算认识了他——李建业。

李建业的老家在福建仙游县的一个偏僻的山村,小学毕业后辍学,他离开山沟来到福州,他想只有走出贫瘠的大山才有出路。

初到福州,举目无亲,他跟盲流一样在路边等活,15岁的他能做什么呢? 爸爸送他上车时,一再交代:"要多跟厉害的人在一起!"他不断地点头,可是谁是厉害的人呢? 哪里去找厉害的人呢?

这天,突然有部轿车在他的面前抛锚了,一个老板模样的人让李建业帮忙推车。车子发动了,老板要给他钱,结果李建业却摆摆手:"一点小忙。您要是真想谢我,就帮我找个工作吧。"老板听了,笑了:"你是个好小伙儿,要找工作? 上车来,我带你去。"

就这样，老板介绍他到一家米行做了送米工。李建业拥有了第一份工作。领了第一个月工资的那个晚上，纯真的他开着窗看着异乡的月亮，很兴奋，他朴实地想："要找到爸爸说的厉害的人，就是要做好事，厉害的人一定就在好事的旁边！比如自己帮人家推车，厉害的人就出现了……"

送米工一做就是两年多，他的身体也一天天地壮实起来。他觉得自己有朝一日也可以做老板，他听人说，香港最富的人就是姓李的，最初也是一名送米工……这样想着，他每天都活在快乐中。一天，他给一处别墅里的女主人送泰国米。按门铃后，就看见旁边有人冲了上来，是个疯子，刚打开门的女主人吓得又把门关上了。但是，李建业很镇静，他拉着疯子就往外跑，在不远处买了一份快餐给他，那疯子真的就安静地走了……躲在别墅二楼的女主人把这一切看得清清楚楚，她端了一盆水出来给李建业："洗洗手，孩子，你真勇敢，好人！"不久，李建业就被这位女士介绍到这家五星级宾馆做了迎宾员。

如今，李建业已从服务生做到了领班的位置。在这个过程中，他以自己温暖的微笑和周到的服务赢得了很多成功人士的尊重甚至青睐，包括柯受良先生。柯受良先生在福州时，特意跟他说，要他再好好锻炼一段日子，他要让李建业到自己的公司去做事，李建业答应了。有个从事餐饮业生意的上海胡姓老板住该宾馆时，享受过李建业周到的服务，很赞赏他的为人，回去后曾主动打电话找他，希望他去上海做餐厅领班，但是有柯受良先生的邀约在先，李建业婉言谢绝了，胡老板无奈地说："如果哪一天想换个环境，一定先选择我。"胡老板还请李建业吃了一顿饭。之后，他们一直保持着联系，成为很好的朋友、忘年交。

出人意料的是不久之后，柯先生在上海突然病逝。李建业特意赶过去送了柯先生最后一程。回来后他给上海的胡老板打了个问候电话，胡老板见终于有机会，劝李建业到他那儿去干。李建业答应了，回福州办好了宾馆里的交接工作后，与同事、上司辞别。酒店经理非常支持他"人要往高处走"，并送他一幅字帖：机遇女神可能就是你身边的每一个人。是的，李建业之所以一直能碰上"机遇女神"，是因为他一直善待遇见的每一个人，在他看来，每一个人都像他父亲说的那样，是"厉害的人"。

不久前，李建业给我打电话说，他现在是一家酒楼的总经理，而且他还兴奋地告诉我，山里的父母也被他接到上海居住。他真的很不简单，从山区里走出来，还不到30岁，就已经闯出一片天地。他说："我运气好，所以都碰对了人。"其实，是他谦虚了，他诚实地做好人做好事，那么，好人自然会在人群里闪光，而闪光的一定会有人赏识，上帝只是指引人们方向，人生的幸运大道终是要靠自己开拓的。

管理加油站

机遇属于做好准备的人。面对困境，自怨自艾不能解决问题。守株待兔，只能使你离目标愈行愈远。善待自己，善待他人，一点一滴地积累人生的财富。"不积跬步，无以至千里；不积小流，无以成江河"，把自己置于人生的磨刀石上，总有一天会磨砺出尖锐的锋芒。

◇ 文 丁永华

第一次开除自己　◇文 晓 希

人的一生总会面临很多机遇，但机遇是有代价的。有没有勇气迈出第一步，往往是人生的分水岭。

大学毕业后，丁磊回到家乡，在宁波市电信局工作。电信局旱涝保收，待遇很不错。但丁磊觉得那两年工作非常辛苦，同时也感到一

种难尽其才的苦恼。1995年,他从电信局辞职,遭到了家人的强烈反对,但他去意已定,一心想出去闯一闯。

他这样描述自己的行为:"这是我第一次开除自己。人的一生总会面临很多机遇,但机遇是有代价的。有没有勇气迈出第一步,往往是人生的分水岭。"

他选择了广州。后来,有朋友问他为什么去广州,不去北京和上海?他讲了一个笑话:广州人和上海人的口袋里各有100块钱,他们都去做生意,上海人会用50块钱做家用,另外50块钱去开公司;而广州人会再向同学借100块钱去开公司。

在Sybase广州分公司工作了一年后,丁磊又一次萌发了离开那里和别人一起创立一家与Internet相关公司的念头。在当时他已经可以熟练地使用Internet,而且成为国内最早的一批上网用户。

离开Sybase也是丁磊的一个重要选择,因为当时他要去的是一家原先并不存在、小得可怜的公司。但他当时非常有信心,相信它将来对国内的Internet会产生影响,他满怀着热情。当时,除了投资方外,公司的技术都是他在做。最后,他发现这家公司与他当初的许多想法相背离,他只能再次选择离开。1997年5月,丁磊决定创办网易公司。

管理加油站

人生无疑是一条曲折坎坷的路,这条路上有着无数的岔路口等着你去选择,向左走,还是向右走?这需要明智的判断、理智的分析,切勿盲目屈从。可是一旦决定,就需要我们拿出大无畏的勇气,即便前方泥泞不堪。正如诗人汪国真所说:"既然选择了远方,便只顾风雨兼程。"

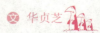

守得住自己 _文 王育琨

在同时代的人中,山姆·沃尔顿也许不是出类拔萃的。他的聪明之处是不去关注更多的问题,只关心他的商场在各方面如何改进,如何从别的商店里拿来或"偷来"最有用的方法。把自己从若干无用的视野中解放出来,是山姆获得自由的最大途径。

山姆·沃尔顿,1918年出生于俄克拉荷马的金菲舍镇,是一个土生土长的乡下人。他看上去没有改造社会的理想,也没有开辟一个时代的雄心和伟力,但他对自己的生命有着独特的期许。他确信唯一可以实现自己生命价值的,就是做一家能够改变美国人生活方式的公司。而且,用他自己的话说,必须是"以正确和道德的方式来完成使命"。

山姆·沃尔顿专注于为顾客节约每一个铜板的巨大无穷性,让沃尔玛从街头拐角的小店一跃而成为世界500强之首。当山姆·沃尔顿在晚年总结自己为什么会成功时,说出的话让人深感诧异:"要是我们有充足的资金,或者要是我们成为一家大公司的子公司——这是我曾经想这样做的——我们也许不会打算在小城镇开设商店,结果就会失去在这些小城镇获得的商业机会。我们得到的第一个巨大教益是,在美国的小城镇里存在着许多许多的商业机会,它比任何人包括我本人所想象的要多得多。"

是的,小镇上起家的山姆·沃尔顿,他的顾客是具体生动的,他们

珍视每一个铜板的价值。一个成功的小镇街角杂货店的要义是能敏锐捕捉周边人群细微的需要差异,并且下力气为顾客节省每一个铜板。确实,在企业起步阶段,如果有过多的资金、过多的机会可能并不是一件好事,它会让你跳过一步步扎实的积累,直接进入投机取巧的较量中。很少有成功的企业家从这样的角度总结成功。看来,山姆·沃尔顿的故事依然能启迪当今的人们。

在同时代的人中,山姆·沃尔顿也许不是出类拔萃的。他的聪明之处是不去关注更多的问题,只关心他的商场在各方面如何改进,如何从别的商店里拿来或"偷来"最有用的方法。把自己从若干无用的视野中解放出来,是山姆·沃尔顿获得自由的最大途径。

管理加油站

"乱花渐欲迷人眼",身处纷繁复杂的社会当中,我们面对的不仅是机遇与挑战,还有各种各样的诱惑和陷阱。找一条适合自己的道路,坚持正确的处世原则,不断地充实自我,完善自我,敏锐地捕捉每一个能够促进自身成长的机遇,并为之付出努力,才能更好地实现生命的价值。

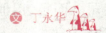
文 丁永华

第2辑 会飞的兔子

　　一只兔子望着山涧对面草地上葱葱茏茏的绿草很是眼馋。它想,要是我有一双翅膀能飞过去该有多好啊。一天,这只兔子又站在山涧边望着对面的青草发呆。这时,忽然一股大风把它刮到了对面那块草地上。动物们都以为它是只会飞的兔子,对它崇拜至极。在一片吹捧中,兔子也有些飘飘然了。后来,它决定再为动物们亲自表演一次。它站在山涧边,奋力向对面一跃。这一次,它没有跳到对面的草地上,却落到了深深的山涧里。可怜的兔子因为不自量力而丢掉了自己的性命,也给我们大家上了生动的一课。

会飞的兔子 文 牟丕志

在一片赞赏和喝彩声中,兔子觉得自己真的成了一只会飞的兔子。一天,它心血来潮,当着动物的面,说自己要再次表演飞跃山涧的绝技。只见它站在山涧边上,用足了力气,猛地向对面跃去。

兔子站在山涧的边缘,望着对面草地上的绿草,垂涎三尺。但山涧实在是太宽了,足有几十米,恐怕任何野兽都无法逾越,除非长着翅膀的鸟。

兔子叹了口气,它心想,自己如果长着翅膀就好了,那样就可以轻而易举地飞到对面的草地上痛快地美餐一顿。它正胡乱地想着,忽然有一股巨大的旋风刮了过来,兔子躲闪不及,被刮上了天空。兔子只觉得天旋地转,晕晕乎乎,弄不清东南西北,一会儿的工夫,它轻轻地摔在了地上。

它揉了揉眼睛,惊呆了,原来自己已被旋风裹着飞过了山涧,脚下正是它做梦都想来的绿草地。这时,黄牛、山羊、野猪等动物见山涧对面飞过来一个东西,便赶紧跑过来看个究竟。近前一瞧,它们简直不相信自己的眼睛。这个会飞的东西竟是一只兔子!于是大家把兔子抬起抛向空中,表示对兔子本领的欣赏。而后大家如众星捧月般地围着兔子问长问短,表现着对兔子的崇拜之意。兔子成为动物们的核心,它高兴极了。

兔子会飞的消息很快在动物王国中传开了,兔子成为动物的体育明星。由于它创造了只身飞跃山涧的动物界纪录,动物们都对它心服口服。黄牛、山羊、野猪先后请兔子到自己的领地,给所有的同类做报告。兔子便常常伴着阵阵掌声,走上讲台,慷慨陈词,它讲自己飞跃山涧的实践与体会。它越讲越激动,越讲越上瘾,常常是一讲就是半天。兔子从童年讲到青年,从喜欢吃的青草讲到自己挖的洞,从自己的腰围讲到自己的体重。口若悬河,滔滔不绝,兔子的演讲水平迅速提高。

在一片赞赏和喝彩声中,兔子觉得自己真的成了一只会飞的兔子。一天,它心血来潮,当着动物的面,说自己要再次表演飞跃山涧的绝技。只见它站在山涧边上,用足了力气,猛地向对面跃去。

可是,它只飞出几米便坠到山涧里去了。

管理加油站

中国有句古话叫做"人贵有自知之明",就是说我们要对自身的情况有所了解,要对自己的能力作出正确的估计。文章中的这只"会飞"的兔子,最终之所以会命丧山涧,就是由于它没有认清自己的能力,把一次意外的成功看做是自己的功劳。所以,不论是在生活中还是在学习上,我们都应该做一个有自知之明的人,不要像兔子那样自不量力,自讨苦吃。

文 杨伟静

必须揭开的伤疤 ◎文 飞

也许每个人的生命里，总会有一些伤痕残存着，它们像魔鬼一样缠绕着我们的心。我们不愿意去触碰它们，因为只要轻轻一碰，就会让我们隐隐作痛。

　　这是美国华盛顿市郊的一所福利院。一天，院长开门时，听见门口传来一阵婴儿的啼哭声，探身一看，墙角处平放着一个女婴，竟然少了五根手指头。院长给她起了个名字，叫做珍妮。

　　院里的孩子们，大多是有缺陷的。所以，不论是院长、老师们、还是来做义工的人，都努力呵护着他们脆弱的心灵，给予加倍的关怀。并且，尽量防止一切可能对孩子的自尊产生刺激的事情发生。

　　可是，这一切规则被新来的体育老师打破了。他居然冒天下之大不韪地将有缺陷的孩子分成小组，再根据每组情况的不同，要求他们做各种似乎已经超越孩子们承受能力的游戏。院长知道后，大为恼火，他斥责这个年轻人的不理智，这些孩子们需要保护，不要去揭开那些陈年的伤疤。

　　可是，这位老师却坚持认为，即使是有缺陷的孩子也应该有正视自己的勇气，并且有为自己开拓新天地的梦想。

　　于是，他在认真观察、悉心开导后，仍然坚持让一些腿部有疾病的孩子坐着去打球，让上肢有问题的孩子去参加赛跑游戏。

　　日子久了，院长惊奇地发现，那个叫做珍妮的小女孩居然潜藏着赛跑的天分,虽然少了五根指头,可是爆发力却极好,自信开始一天天出现在那张稚气的、绽满笑容的脸庞上。

令人振奋的情形接踵而至,孩子们渐渐开始展示出一些许多常人所意想不到的强项:有的擅长沟通,能够在最短的时间内将自己手里的鲜花推销出去;有的喜欢运动,热爱体育;有的练就了一手不错的厨艺……而那位最让院长心疼的小珍妮,20年后,终于凭借自己的努力,登上了残奥会的领奖台。

也许每个人的生命里,总会有一些伤痕残存着,它们像魔鬼一样缠绕着我们的心。我们不愿意去触碰它们,因为只要轻轻一碰,就会让我们隐隐作痛。

所以我们选择了回避,选择了躲闪,选择蜷缩在仿佛只有自己的世界里疗伤,慢慢地失去主观,失去自信,失去开拓新世界的能力。长此以往,伤痕会冰冻我们的情感,令我们无所适从,令我们无力去做我们喜欢做的工作和事情。

所以,有些伤疤,我们不得不揭开。长痛不如短痛,重获独立生存的勇气比什么都重要。

管理加油站

人无完人,我们每个人身上都会有这样那样的缺点,甚至是缺陷。如果一味地选择逃避的话,那么我们只能被痛苦束缚住手脚,永远不会知道什么是真正的幸福。所以,我们要勇于接受自己身上的不足,只有这样,我们才能够不断地努力,不断地超越昨天的自己。

文 杨伟静

自知之明 文 吴淡如

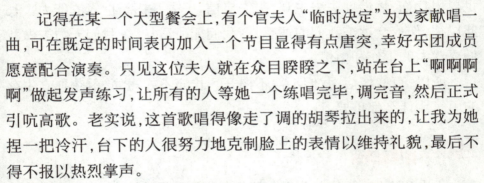

当你身边的人为你围成一个"保护圈"的时候，你会觉得很幸福，也会觉得很安全，但自知之明常会因此被淹没。

记得在某一个大型餐会上，有个官夫人"临时决定"为大家献唱一曲，可在既定的时间表内加入一个节目显得有点唐突，幸好乐团成员愿意配合演奏。只见这位夫人就在众目睽睽之下，站在台上"啊啊啊啊"做起发声练习，让所有的人等她一个练唱完毕，调完音，然后正式引吭高歌。老实说，这首歌唱得像走了调的胡琴拉出来的，让我为她捏一把冷汗，台下的人很努力地克制脸上的表情以维持礼貌，最后不得不报以热烈掌声。

夫人快快乐乐下了台，脸上泛着骄傲的光彩，有人走过去对她说，唱得真好啊。我身旁的朋友对我说："天啊，她真的以为她唱得很好吗？"

我笑道："是真的，她真的以为自己唱得很好，因为旁边的人根本不敢告诉她唱走调了啊。"

我们不该打击别人，但实在也不该说太多违心之论。有位私立小学的老师表示，以前的孩子太自卑了，现在的孩子都骄傲得不得了，以为自己是宇宙无敌第一俊男美女，因为从小就在家人的呵护中长大，从没想到自己有哪一点需要检讨。

当你身边的人为你围成一个"保护圈"的时候，你会觉得很幸福，也会觉得很安全,但自知之明常会因此被淹没。

管理加油站

"吾日三省吾身"意思是说,我们平时要多次自觉地检查自己。由于生活环境比较优越,我们在家里经常是众星捧月一般,深得长辈的喜欢。但越是在这种情况下,我们越应该时刻提醒自己,不要在长辈的呵护中得意忘形。我们要时刻提醒自己并不断地检讨自己的行为,做一个有自知之明的、真正受别人欢迎的人。

文 杨伟静

你的自信"虚胖"了吗 文 佚 名

简·奥斯汀在小说《傲慢与偏见》中写道:"骄傲多半是由于我们对自己认知的过分膨胀……"

某位心理辅导老师,有一次应邀到某所学校的资优班,进行一场与学生互动式的心理辅导座谈。

这个资优班的学生,不但天资甚高、聪明绝顶,而且在待人处世上也个个自视颇高,谁也不服谁,所以在整个互动座谈中,对这位教师的态度十分傲慢不恭。

在座谈会结束之前,这位老师从自己的公文包里取出一个铁盒子摆在讲台上,并告诉同学:

"这个铁盒子里,贴了一张全世界最傲慢的动物的相片,有谁可以猜得到,到底是什么动物?"

全班同学对老师这个突如其来的问题,大感兴趣,于是有人猜猫,有人猜孔雀,也有人猜狼和狐狸,甚至最后连口袋怪兽皮卡丘的答案都出现了。

只见老师对台下同学的答案,都一一摇了头,并向同学说道:"现在,每一位同学依序到讲台上,掀开铁盒子看一看,就会知道里面到底贴了什么动物的相片。"

谁知,当每个同学上台掀开盒子的一瞬间,都愣了一下,然后低着头,不发一言地走回自己的座位上,而且谁也不肯告诉别人自己到底看到了什么。

原来,这个铁盒子里面,贴了一面镜子,因此每个同学在盒子里面所看到的"傲慢动物"就是自己。

简·奥斯汀在小说《傲慢与偏见》中写道:"骄傲多半是由于我们对自己认知的过分膨胀……"

管理加油站

适度的自信可以促使我们走向成功,但膨胀过头的自信却会冲昏一个人的头脑,进而逐渐走向自大。我们仔细观察就会发现,很多人经常吹嘘的东西,也正是他们身上所缺少的或者是自己根本就做不到的。所以,不论是在生活还是在学习上,都要认清自己的能力,只有这样我们才能不断地突破现状,取得更大的进步。

文 张 霞

记住，有人不喜欢你 文 陶柏军

见到昔日同学，歌星首先做了两件事：一是为自己迟到了3分钟向大家表示郑重道歉；二是找到聚会的组织者，把自己的200元份子钱交了。

这是我在采访一位当红歌星时她给我讲的故事。

2002年的夏天，歌星回东北老家，一帮读中学时的好朋友搞了个聚会，告诉她晚上5点到某酒店吃饭。这次歌星回来带了近百张她的新专辑，她很认真地在封面上签了自己的名字，她知道，这些昔日的同学如果向她要新专辑，那是不该拒绝的。

歌星出了家门，打车去酒店。司机是一个30多岁的中年男人，问清了目的地后，那人就一言不发了，这让歌星不免有些失落，因为即使是在北京，出租车司机也会认识她这张脸。到了酒店，车费是22元，歌星没有零钱，就拿出一张100元的钞票，可恰巧司机手里也没有足够的零钱了。歌星今天心情很好，就表示不用找了，因为她知道司机不容易，何况这里还是她的家乡。可是司机坚决不同意："这绝对不行。要不，我带你走一段，找个超市把钱破开。"

歌星一看时间不早了，就拿出两张她签名的专辑："师傅，这样吧，我用这两张我的专辑抵车费吧！"接着，她又问一句："您不认识我吧？"但是司机的回答大大出乎她的意料："认识，你是干唱歌的吧。这次回来是看望爹妈？"说完，他指了指那两张专辑："不好意思，我不喜欢听歌，平时我净听二人转了。要不，车费就算了吧。"这个时候，正好有另一位同学也刚好到酒店，替歌星付了车费。

你是唱歌的吧……我不喜欢听歌——这些话让歌星心灵震颤了很久。

见到昔日同学，歌星首先做了两件事：一是为自己迟到了3分钟向大家表示郑重道歉；二是找到聚会的组织者，把自己的200元份子钱交了。

后来歌星的口碑一直不错：没有绯闻，照章纳税，积极参加各种公益演出。

歌星说，她时常想起那位出租车司机。

记住有人不喜欢你，这时常让我感到自己的渺小，渺小得经常叫人担心来阵风就会把自己吹丢了——歌星说。

管理加油站

千万不要以为自己是一个十全十美的人，也不要一厢情愿地以为身边所有的人都喜欢你。每个人身上都可能存在这样或那样不受人喜欢的地方，也没有人有必须喜欢你的义务。我们应该像文中的这位歌星一样，把自己看得渺小一点，这样既会避免失落，也会使自己过得更加踏实。

文 张 霞

格林斯潘的选择 文 张 彬

表演之余,格林斯潘还自告奋勇,管理乐队账目和处理演员们的税务。面对繁杂的数字计算,他感到得心应手。这时他才发现,自己的天赋不在音乐,而是在计算。

9岁时的一天,小格林斯潘好奇地翻看家里的一本旧书——《经济复苏》。这本书是弃家而去的父亲唯一留下的东西。书中某页的批注,抓住了他的眼睛:"我希望我的儿子努力不懈,去掌握和解释经济预测的规律,并有自己的建树!"

但在学校里,小格林斯潘的最爱是音乐。高中毕业后,他进入纽约朱丽娅音乐学校。不可否认,一位母亲带着一个孩子,长年在穷困中挣扎,这样的现实生活,必定是一件十分艰难痛苦和毫无希望的事。但正是在这种艰难痛苦和寻找希望中,小格林斯潘过早地长大成人了。

进入音乐学校不久,格林斯潘越来越烦躁——怎么能再依靠日见衰弱的母亲来供养自己呢?于是,他离开学校,开始闯世界。那时他17岁。

他实际上过着一种流浪的生活。跟着一些四处浪荡的乡村爵士乐队,在广袤的北美大陆农村飘来荡去。一周62美元,穿着金丝雀般的黄夹克,手拿一支很蹩脚的萨克斯管或单簧管,偶尔也可能是笛子,在几块烂木板搭成的舞台上边吹边蹦。表演之余,格林斯潘还自告奋

勇，管理乐队账目和处理演员们的税务。面对繁杂的数字计算，他感到得心应手。这时他才发现，自己的天赋不在音乐，而是在计算。

于是，流浪一年之后他离开乐队，重返校园——进入纽约州立大学，学习经济学。这年他19岁。

在选择的道路上，格林斯潘走了一些弯路，由起初对音乐的热爱到后来选择经济学，两种不同的选择简直是大相径庭。但也正是由于这种爱好上的转变，使他发现了自己真正的天赋所在。也正是因为这种转变，才使得他最终一步一步地走向成功。

文 杨伟静

永远第三 文 尹玉生

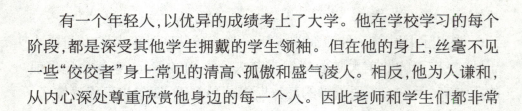

"我希望我能永远记住这句话，记住妈妈对这句话的解释：'我的儿子'，妈妈告诉我，'什么时候都不要忘记，上帝第一，别人第二，你永远只是第三。'"

有一个年轻人，以优异的成绩考上了大学。他在学校学习的每个阶段，都是深受其他学生拥戴的学生领袖。但在他的身上，丝毫不见一些"佼佼者"身上常见的清高、孤傲和盛气凌人。相反，他为人谦和，从内心深处尊重欣赏他身边的每一个人。因此老师和学生们都非常喜欢他。

一天晚上,他邀请几个朋友到他的房间里吃晚餐。在晚餐过程中,一个朋友发现了他的座右铭。座右铭只有三个字:我第三。这三个字被镶嵌在一个非常精致漂亮的框架里。"鲍勃,这三个字是什么意思啊?"这个朋友问道,其他几个朋友也被吸引,大家都缠着鲍勃问个不停。鲍勃无奈,只好给大家解释起来:

"我有一个世上最好的妈妈。为了让我上大学,她做了巨大的牺牲。在我离开家的前一天晚上,妈妈给了我这个精美的框架,并嘱咐我一定要将它放在我每天都能看到的地方。于是,我就把它放在了我的桌子上,并且,无论我搬到哪里,我都会带着它。我希望我能永远记住这句话,记住妈妈对这句话的解释:'我的儿子',妈妈告诉我,'什么时候都不要忘记,上帝第一,别人第二,你永远只是第三。'"

管理加油站

文中这位"学生领袖"的成功虽然算不上惊天动地,但是他的座右铭却能够引起我们每个人的思考。无论是在家庭生活还是在学校生活中,我们都不应该一味地以自我为中心,而应该摆正自己的位置,充分地尊重他人。尊重他人,尊重对手是我们走向卓越的第一步。

文 杨伟静

生命的价值 文 杨小云

"生命的价值就像这块石头一样,在不同的环境下就会有不同的意义。一块不起眼的石头,由于你的珍惜、惜售而提升了它的价值,竟被传为稀世珍宝。你不就像这块石头一样?只要自己看重自己,自我珍惜,生命就会有意义,有价值。"

一个生长在孤儿院中的小男孩,常常悲观地问院长:"像我这样没人要的孩子,活着究竟有什么意思呢?"

院长总笑而不答。

有一天,院长交给男孩一块石头,说:"明天早上,你拿这块石头到市场上去卖,但不是'真卖',记住,无论别人出多少钱,你绝对不能卖。"

第二天,男孩拿着石头蹲在市场的角落,意外地发现有不少人对他的石头感兴趣,而且价钱愈出愈高。回到院内,男孩兴奋地向院长报告,院长笑笑,要他明天拿到黄金市场上去卖。在黄金市场上,有人出比昨天高10倍的价钱来买这块石头。

最后,院长叫孩子把石头拿到宝石市场上去展示,结果,石头的身价又涨了10倍,更由于男孩怎么都不卖,竟被传扬为"稀世珍宝"。

男孩兴冲冲地捧着石头回到孤儿院,把这一切告诉给院长,并问为什么会这样。

院长没有笑,望着孩子慢慢地说道:

"生命的价值就像这块石头一样,在不同的环境下就会有不同的意义。一块不起眼的石头,由于你的珍惜、惜售而提升了它的价值,竟被传为稀世珍宝。你不就像这块石头一样?只要自己看重自己,自我珍惜,生命就会有意义,有价值。"

 **管理加油站**

在这个世界上,每个人都是独一无二的。虽然我们的身上可能会存在这样或那样的缺点,但这都不能阻挡我们珍惜这个世界上唯一的自己。我们每个人的价值,就好像是一块石头,在不同的环境下就会有不同的意义。同样,在不同的心态下也就会创造出不同的价值。所以,只有自己首先摆脱自卑,珍惜自己,才能使自己的生命变得更有意义。

 文 杨伟静

你 是 谁 文 佚 名

现实生活中,人们总是试图在自己扮演的各种角色中证明自我的生命价值,却遗忘了自己的本真。

一位妇人晕倒在地。突然,她感觉到自己好像已经离开了人世,正站在天堂里的法官面前。

一个声音问道:"你是谁?"

"我是市长的妻子。"妇人回答。

"我没有问你是谁的妻子,而是问你是谁!"

"我是四个孩子的母亲。"

"我没有问你是谁的母亲,而是问你是谁!"

"我是教师。"

"我没有问你是什么职业,而是问你是谁!"

"我是一名基督教徒。"

"我没有问你的宗教信仰,只是问你是谁!"

一问一答没完没了地进行下去。妇人的回答总是不能让法官满意。

不知过了多久,妇人醒了过来。

她下决心要找出"我是谁"的答案。她能找到吗?

现实生活中,人们总是试图在自己扮演的各种角色中证明自我的生命价值,却遗忘了自己的本真。

管理加油站

在生活中,我们每个人都在扮演着很多角色,父母的孩子,老师的学生……然而,这些角色对于我们来说都很重要,但更重要的是,我们要真正地为自己活着。清楚自己的性格,了解自己的特长,知道自己想要什么,不想要什么。也只有这样,才算是找到了自己生命的价值,找到了自己的本真。

文 李元军

没有光环的加加林 文 佚 名

每个人头上都没有光环,而所谓的光环都是那些崇敬我们的人为我们加上的。所以,在名誉面前,不要让那些对我们心怀崇敬的人失望。

1961年4月12日,当加加林在太空飞完了108分钟,按下"25"那个神秘的密码以后,东方一号飞船降至700米高空,随之,加加林跳伞平安地落回了地球。这个25岁的矮个儿上尉,代表人类圆满地完成了探索太空的第一次飞行!

几分钟后,消息在全球炸开。世界各大电台、报纸竞相报导这位一夜升空的超级明星。接着,他与火箭之父科罗廖夫并肩坐在了一起,与当时的领导人赫鲁晓夫握手、交谈,与政要、名人拥抱举杯,大小勋章挂满了胸前,军衔从上尉升至少校,接着成了茹科夫斯基军事学院学子,然后成了高等军事学院研究生院学士,连他的微笑也有了传奇的色彩,向后梳的头发也成了迷人的时尚。他走到哪里都有人硬要与他交朋友,无论到哪里都有盛宴款待。

以前,他认为赫鲁晓夫简直是神,到这时候,他发现是神的还有自己——尤里·加加林!

于是,他常常无视法规,驾着国家赠送给他的伏尔加小轿车在街道上飞奔,甚至因为喜欢上了一位护士而不顾影响地从大楼窗户飞身跳下。

有一天,他又闯红灯了,这一回他的伏尔加撞翻了另一辆汽车,两

辆车毁得不成样子,幸好他和另一位司机都只受了点轻伤。赶到出事地点的警察自然一眼就认出了加加林,连忙举手行礼,冲着他笑,并当即保证"追究肇事者的责任"。边上,那位受害的退休长者虽然受了伤,但见面前立着的是加加林,也赔起了笑脸。随后,警察拦下一辆过路汽车,嘱咐司机将加加林安全送到目的地,下一步,准备将全部责任记在老人身上。

加加林坐上了车子,但老人的苦笑和伤势在他的脑海中却驱赶不去,让他无法不想的是:原来,英雄也有致命时候,崇敬也会让执法者颠倒黑白,深爱也可能让一位退休长者违心顶罪。这一刻,加加林的淳朴本性复苏了,他让司机迅速开回出事的地点,在警察和老人面前诚恳地认错,帮助老人修好了汽车,并承担了全部费用。

光环本来连上帝也没有,都是人们给加上去的。光环加足了,再平凡的人也可能成为上帝。但只要去了光环,上帝也会发现他与凡人没有两样。

所以,不要轻易挥霍别人加在你头上的光环,否则,你会发现,当光环完全消失的时候,你的人生意义与价值也就不复存在了。

管理加油站

每个人头上都没有光环,而所谓的光环都是那些崇敬我们的人为我们加上的。所以,在名誉面前,不要让那些对我们心怀崇敬的人失望。经常回想一下我们取得成功的过程中付出的那些艰辛和努力,你就不会再去肆意地挥霍自己头上的光环了。爱惜自己的名誉,也是对自己的一种尊重。

文 李元军

哪里有爆炸，哪里就有杨振宁 文 阿 同

及时地放弃空想，转而投身到真正适合自己的领域当中。这不仅需要非凡的勇气和胆识，更需要远见和智慧。我们也要像杨振宁一样，敢于正视自己，敢于在适当的时候放手。

杨振宁青年时期喜爱物理，而且想成为一个实验物理学家。

1943年杨振宁赴美国留学时，就立志要写一篇实验物理论文。于是费米建议杨振宁先跟泰勒做些理论研究，实验则可以到艾里逊的实验室去做。

然而，在实验室工作的近20个月中，杨振宁的物理实验进行得非常不顺利，做实验时常常发生爆炸，以至于当时实验室里流传着这样一句笑话：哪里有爆炸，哪里就有杨振宁。此时，杨振宁不得不痛苦地承认，自己的动手能力比别人差！

一天，一直在关注着杨振宁、被誉为美国氢弹之父的泰勒博士关切地问杨振宁："你做的实验是不是不大成功？"

"是的。"面对令人尊敬的前辈，杨振宁诚恳地说。

"我认为你不必坚持一定要写一篇实验论文，你已经写了一篇理论论文，我建议你把它充实一下作为博士论文，我可以做你的导师。"泰勒直率地对杨振宁说。

杨振宁听了泰勒的话，心情十分复杂。一方面，他从心底深处感到自己做实验确实力不从心；另一方面，他又不甘服输，非常希望通过写

一篇实验论文来弥补自己实验能力的不足。他十分感谢泰勒的关怀，但要他下决心改变自己的想法实实在在不是一件容易的事。

"我想考虑一下，两天后再告诉您。"杨振宁恳切地说。

杨振宁认真思考了两天。他想起在厦门上小学时的一件事：有一次上手工课，杨振宁兴致勃勃地捏了一只鸡。拿回家给爸爸妈妈看，爸妈看了笑着说："很好，很好。是一段藕吧？"往事一件接一件地在他的脑海里浮现，他不得不承认，自己的动手能力实在不强。

最终，杨振宁接受了泰勒的建议，放弃写实验论文。从此，他毅然把主攻方向转至理论物理研究，最终于1957年10月与李政道联手摘取了该年的诺贝尔物理学奖。

管理加油站

不论在什么时候，放弃都是一件让人感到十分痛苦的事情。但是，在这一点上，杨振宁为我们作出了表率，他适时地认清了自己的现状，及时地放弃空想，转而投身到真正适合自己的领域当中。这不仅需要非凡的勇气和胆识，更需要远见和智慧。我们也要像杨振宁一样，敢于正视自己，敢于在适当的时候放手。

文 李元军

第3辑
捡起地上的鸡毛

一个女孩来找圣菲利普,说别人都不喜欢她,为此感到很苦恼。圣菲利普了解到她有个喜欢对别人说三道四的坏习惯,就让她到市场上买一只鸡,边走边拔鸡毛,并把拔下的鸡毛散落在路上,拔完后再原路返回,把刚才拔下的鸡毛再都捡起来。女孩很快就把拔下的鸡毛扔完了,可再捡鸡毛时,她却犯了难,因为许多鸡毛已经被风吹得找不到了。

圣菲利普对她说,这就像你平时说的闲话一样,随口而出,可想收回来却不可能了。你的话伤害了别人,所以别人才会不喜欢你。小女孩听完后重重地点了点头。小女孩明白了,那我们呢?

捡起地上的鸡毛 文 扬 子

> "那么,当你想说些别人的闲话时,请闭上你的嘴,不要让这些邪恶的羽毛散落路旁。"圣菲利普说道。生活中,如何说话,尤其是如何谈论别人,需要我们慎重考虑。

圣菲利普是16世纪深受人们爱戴的罗马牧师,无论是富人还是穷人都追随着他,无论是贵族还是平民也都喜欢他,这一切都是因为他的善解人意。

有一次,一位年轻的女孩来到圣菲利普面前倾诉自己的苦恼。圣菲利普通过了解知道了女孩的缺点,其实她心地倒不坏,只是她常常说三道四,喜欢说些无聊的闲话。这些闲话传出去后就会给别人造成伤害。

圣菲利普说:"你不应该谈论他人的缺点,我知道你也为此苦恼,现在我命令你要为此赎罪。你到市场上买一只母鸡,走出城镇后,沿路拔下鸡毛并散在路上。你要一刻不停地拔,直到拔完为止。你做完之后就回到这里告诉我。"

女孩觉得这是非常奇怪的赎罪方式,但为了消除自己的烦恼,她没有任何异议。她买了只鸡,走出城镇,并遵照吩咐拔下鸡毛。然后她回去找圣菲利普,告诉他自己按照他说的做完了一切。圣菲利普说:"你已完成了赎罪的第一部分,现在要进行第二部分。你必须回到原来的路上,捡起所有的鸡毛。"

女孩为难地说："这怎么可能呢？在这时候，风已经把它们吹得到处都是了。也许我可以捡回一些，但是我不可能捡回所有的鸡毛。"

"没错，我的孩子，你不是也常常从口中吐出一些愚蠢的谣言吗？那些你脱口而出的愚蠢话语不也是如此吗？你有可能跟在它们后面，在你想收回的时候收回吗？"女孩说："不能，神父。"

"那么，当你想说些别人的闲话时，请闭上你的嘴，不要让这些邪恶的羽毛散落路旁。"圣菲利普说道。生活中，如何说话，尤其是如何谈论别人，需要我们慎重考虑。

管理加油站

"静坐常思己过，闲谈莫论人非"，这句话告诉我们，在无事的时候，我们要经常反省自己的过错；与他人闲谈的时候，不要议论别人的是非。我们说的一些话，很多时候会在不经意间给别人带来伤害。而谣言又会像被风吹走的鸡毛一样，随风飘去，一旦从我们的口中说出来，将无法被收回。所以，当我们开口讲话，尤其是谈论别人的时候，一定要三思。

文 李羽漾

自我反省 文 魏信德

旅法多年,却从未见过法国人在公共场合吵架,看来这个民族长期奉行的自我检错习惯,就像是一种润滑剂,它最大限度地减少了人际交往中的摩擦。

在法国读书的一位中国留学生,每个星期四晚上都有课,下课后必须跑步赶地铁回家,否则就得在车站空等一个小时。

某天晚上赶到地铁站,见车已经进站,他急忙在打票机上打了票,并且清楚地听到了"咔嚓"一声。车到终点站时遇上查票员,他取出票来顿时傻了眼,刚才那台打票机并没有在他的车票上留下任何印记。查票员不容辩解便对他以逃票处置,罚款150法郎。他大喊冤枉,因为他确实打了票,一定是打票机出了故障。查票员打电话询问那个车站,结果不出这位学生所料,有一台打票机的油墨干了。

可是查票员对他说:"打票机坏了是车站的责任,但您该问问自己有没有责任。"

他说:"奇怪了,我有什么责任?"他只是为了赶车,打票后没多看一眼而已。

查票员说:"这就是您的错了,因为站台上有4台打票机,而另外3台是正常的。当时您完全可以避免这个错误,但是现在您必须为这个小小的错误付出代价——罚款。"

还有一次,他在一个阳光明媚的日子与同学去爬山,见山顶上有一座异常豪华的城堡,城堡的大门敞开着,受好奇心驱使,一位行人便走进属于城堡的花园。这时整座城堡警铃大作,一些法国军人冲过来将他们团团包围,他们被要求出示身份证件并不许离开城堡。

他和大伙一起表示抗议,理由是他们不知道这儿属于军事区域,也没有看到城堡外面那块"闲人禁止入内"的牌子。一个士兵说:"那块牌子已经挂了很多年,也许以后应该换块看上去更醒目的,但是请问你们各位有没有错,并不是所有上山的人都会闯进城堡来的。"

于是,他们几个被"囚禁"了一个多小时,直到查清了每个人的身份后才被允许下山。

这就是法国人的"自我检错法"。在法国,很少听到诸如学生考试迟到而抱怨天气或堵车的事情。法国人认为碰上了不愉快的事再去强调客观是于事无补的,而这时应该扪心自问有没有错或怎样避免下次再犯同样的错误。旅法多年,却从未见过法国人在公共场合吵架,看来这个民族长期奉行的自我检错习惯,就像是一种润滑剂,它最大限度地减少了人际交往中的摩擦。

法国人的这一自我检错习惯是从小培养起来的。如上述这位留学生一次去法国朋友家做客,吃饭时,朋友8岁的孩子用一小块面包逗小狗玩,狗跳起来撞翻了他手中的盘子,盘子碎成几块。

男孩对父母说:"你们看见了,是小狗打碎了盘子,不是我的错。"

母亲说:"盘子确实是小狗撞翻的,可是你有没有错? "

男孩大叫:"是小狗的错,不是我的错! "

父亲过来叫男孩离开餐桌到他自己的房间里去,想想自己究竟有没有错。

十几分钟后男孩走出房间说:"小狗有错,我也有错,我不该在吃饭时逗狗,这是你们多次对我说过的。"

父亲笑了:"那么今天你就该为自己的错承担责任,收拾餐桌,并拿出零用钱赔这只盘子。"

管理加油站

遇到问题的时候，有些人会尽全力将自己身上的责任推卸掉，以最快的速度使自己从责任当中摆脱出来。可是事实上，许多问题形成的原因都是双方面的，如果我们不能在问题发生的时候及时地找出自身的原因，那么我们就很难保证以后不会再犯同样的错误。遇到问题的时候，我们最应该做的并不是推卸责任，而是反省。

文 李羽漾

胡适的"日省"　文 徐志芳

胡适长大后，想起小时候母亲对自己的教育，称他的母亲是"慈母兼严父"，母亲给予胡适的爱让胡适终身感念。

20世纪初中国新文化运动中的重量级人物胡适，后来担任过北大校长，这位博学多才、学贯中西、文史哲兼通、著作丰富的大学者，从小就接受了母亲让他"日省"的教育。

胡适出生在安徽绩溪一个世代经商的家庭里。在两岁时就在父亲的教导下开始学写方块字，背诵《三字经》、《千字文》，三岁后入家塾。但是很不幸的是，父亲在胡适不满五岁时便因病去世了，此后便由母亲冯顺弟担负起教育胡适的重任。

胡适的父亲胡传是一位仕官学者，夫妻二人感情一直很好，冯氏受丈夫的影响很深，她十分敬佩丈夫的人品和学问，丈夫在世时教给她不少古文知识,如《论语》以及其他一些几世流传下来的经典书籍。冯氏常常用丈夫教给她的道理和知识教育儿子,特别是用《论语》等教育孩子要学会日省自律。

南方的冬天其实并不比北方暖和,相反由于屋里没有北方那样的炕,所以要比北方冷得多。胡适的家乡绩溪上庄就是这样一个地方。冬天来临时,天气非常的冷,这时候,早上起早去上学的小胡适就不太愿意了,因为被窝里实在是太暖和了。

有一天早上,窗外刮着呼呼的大风,天气非常冷。7点半已过,小胡适还躲在被窝里,母亲在外屋做好了早饭,就喊:"适儿,该起床了,吃早饭了,吃完了上学去。"

母亲喊了半天,见胡适没反应,就进屋掀开胡适的被子,对他说:"儿子,该起来了,再不起来,上学就来不及了。"

被子被母亲一掀开,胡适立即感到有一股冷意,不高兴地说:"娘,没听到外面刮这么大的风吗? 我不去了,天气太冷了。"

"乖啊,怎么能不去上学呢? 不去功课可就落下了,和其他同学不同步了。"

但是,母亲的话小胡适一点也听不进去,对母亲的坚持也表示不理解,丢下一句:"不去就是不去!"说完就干脆把整个脑袋缩进被窝里了。

母亲这下生气了,不过她还是压住了心头的怒气,尽量温和地对孩子说:"你父亲在世时,就经常说过,一个人如果任由着自己的性子去做事,而不能对自己有点自我约束是成不了大事的,你现在就因为刮一点点风就不想去上学了,你还对得起你的父亲吗? "

在被窝里,胡适听到母亲提及父亲,顿时知道自己的行为让母亲伤心了,也想起了父亲平时对自己严厉地教导。于是,一骨碌翻身起床,说:"娘,您别伤心,我去我去。"

就这样,母亲冯氏遵循丈夫的遗志,时常教导儿子要学会自律。同时,她还让儿子经常通过反省来约束自己。她以曾子名言"吾日三

省吾身，为人谋而不忠乎，与朋友交而不信乎，传不习乎？"来鞭策和鼓励儿子。

每天临睡前，胡母就坐在床沿上，叫儿子站在窗前搁脚板上"省吾身"：今日说错了什么话，做错了什么事，该背的书是否背熟，该写的帖是否写完。胡母在督促儿子自省之后，又对儿子讲他父亲生前的种种好处，以及是如何规范约束自己的行为的，她说：

"我一生只晓得你父亲是一个完全的好人，对自己非常的严格，每天都会静思反省。你要向他学习，不要丢他的脸。"

经过母亲这样的谆谆教导后，当又一个寒冷的早晨来临时，小胡适虽然也想再多睡会儿，但他用母亲的话来提醒自己，以父亲为榜样，立刻就起床了。所以后来，每日晨光微露时，胡母一叫他，胡适就很快起床了，因为私塾的钥匙放在老师家里，所以胡适总是天蒙蒙亮时就得赶到老师家门口。听到敲门声，里面就有人把钥匙从门缝里递出来。胡适接到钥匙后，就立即赶往私塾把门打开，一个人静坐读书，等待老师和同学的到来，并且天天如此。

胡适长大后，想起小时候母亲对自己的教育，称他的母亲是"慈母兼严父"，母亲给予胡适的爱让胡适终身感念。同时，母亲对自己的严格要求，特别是让自己学会了约束自己，这更是对他以后的为人处世乃至治学都有很重要的影响。

管理加油站

现在有许多我们的同龄人都在学习、生活上缺乏自制力，不能始终严格要求自己，时刻反省自己的行为。总是一味地放任自流。这样下去的结果就是使自己变得更加懒散。其实，无论是在生活中还是在学习上，我们都应该向胡适先生学习，每天临睡前也应该多问自己几个问题，这样长期坚持下来，我们就一定会有许多进步。

 文 李羽漾

不让耻辱轻易离开 文 赵文斌

在耻辱面前,我们应该保持一份敬仰的心态,因为只有这样,这道难看的伤疤才会时时鞭策我们,约束我们的行为。

南非开普敦地处印度洋和大西洋交界,市内的现代建筑和欧式建筑的和谐布局相得益彰。漫步在这里,常常不由自主地从心底惊叹它的美丽,然而,给我印象最深的是城市西部的一座断桥。

这本该是一座立交桥,桥面在即将达到最高点时戛然而止,手腕一样粗的钢筋张牙舞爪地伸在外面,大大小小的混凝土块七零八落地挂在钢筋上或横躺在路面上,仿佛这里刚刚经历过一场地震。看看这座断桥,再环视开普敦的美景,一种落差刺激着视觉,就像看见一块可口的奶油大蛋糕上落下一只黑苍蝇。

见我皱着眉头,开普敦市的朋友布莱克很平静地说,15年前,因为计算错误,桥建到快一半时瞬间轰然倒塌,三名建筑工人当场身亡。那是一场灾难,建设局局长被判了三年徒刑,随后,开普敦打算尽快清理掉这堆建筑垃圾。在狱中的建设局局长得知这个消息,写信恳求市长留下这座断桥。但大多数市民不同意这么做,认为每年有上百万的外国游客来到开普敦,这种丑陋的建筑垃圾,简直是全体开普敦人莫大的耻辱。

就在准备拆除断桥的前一天晚上,开普敦电台广播了3名身亡的建筑工人家属致全体市民的一封信:

······断桥是刻在每个市民心头的耻辱，对于我们还要再加上一份痛苦。早一点让它消失，也许会平息我们的思念。但是，流过血的伤口会永远留下伤疤，不承认有伤疤的城市是虚弱的。我们这座城市需要的不仅仅是美丽，更需要一种勇敢的品质。

不要让耻辱轻易地离开，即使耻辱里包含着痛苦。就让断桥时刻地警示我们吧，这样我们的未来才能做得更好。

于是断桥保留了下来。开普敦议会专门作出规定，任何人不得拆除断桥。后来的每一任建设局局长宣誓就职时都选择在断桥前，保证用责任来修补曾经的耻辱。市长会把一个小盒子交到建设局局长手中，盒子里是断桥上的一小块混凝土。

夜色渐晚，大西洋的风轻拂着这座城市。布莱克告诉我，那个入狱的建设局局长是他的父亲。我心头不由地一颤，布莱克、他的父亲、三位建筑工人家属和全体开普敦人是勇敢的，他们把断桥当做了耻辱之碑，责任之碑。

断桥的右边，一座新的立交桥已建成通车，挺拔而牢固地屹立在那里。

管理加油站

耻辱，就像一道难看的伤疤，无论我们是否注意它，它都会存在，都会记录着我们过去的那段失败的经历。在耻辱面前，我们应该保持一份敬仰的心态，因为只有这样，这道难看的伤疤才会时时鞭策我们，约束我们的行为。敢于直面耻辱的人，才是一个真正勇敢的人，我们每个人都应该努力成为一个勇敢的人，因为只有勇敢的人才是离成功最近的。

文 李羽漾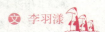

开钟人的责任 文 佚 名

推开四扇沉重的钟面,我把头伸向夜色迷茫的星空,上完发条,抹完润滑油,一一校准了4个钟面上的共8根胳膊般粗细的指针。我又用手绢使劲地擦拭钟面。我要让4只大钟像运转良好的机器那样,永远保持步调一致。

佛特郡有一个古老的小镇,我的家就住在这个小镇上。听老人们说,火车很早就经过小镇,我们的家乡曾经十分繁荣昌盛,后来经济萧条带走了小镇的非凡热闹,就连教堂高高的塔尖上的那4只老钟也停止了走动。而如今,我们的小镇百业俱兴。人们决定要唤醒那些代表着小镇悠久历史的老钟。在一次全体镇民的联席会上,天哪,竟有这么幸运,我——一个刚满18岁的商场见习生,竟被选为每天为钟开发条并校准时间的人。不知是因为我唱赞美诗唱得动听,还是因为我长得帅……

一个星期后,等满头银丝的钟表匠英尔顿师傅修理完了大钟,我便向他讨钥匙。岂料他提出,要我"到镇上走一遭,看看各种大钟的情形,谈一谈体会",之后才能将教堂老钟的钥匙交给我。真是个怪老头,可我又拗不过他。

这天下班,一路上我开始关注镇上所有的钟。嘿,还真有新发现,不管是镇政府大厅的,还是银行、证券交易所的,这些钟不是停着的,就是走得并不准确。我还注意到许多人经过这些钟时,都会捋起袖子对一下手表。我真想大声告诉他们正确的时间，以便人们勿误了上教堂做晨祷的时刻；勿错过证券交易所开盘的时机；勿让焦急等待约会的恋人满腹失望。

我又信步沿着铁路走去，高高的路基上有一座黄色的旧砖房，这是搬道工马里兰夫妇的家。马里兰大叔值完通宵班正在休息，马里兰大婶却迎风坐在屋前，原来她正在倾听，倾听呼啸的北风是否会带来远处奔驰前进的隆隆火车声。

"你们没有表吗？"我好奇地问。

"有啊。可我们老啦，眼花啦。"马里兰大婶回答。

原先，马里兰夫妇可以依据教堂的钟声对时间，而如今他们只能轮流值班来护卫铁路。离开小屋，我的心不安地翻腾着。

"我们这里不是缺少钟，而是缺少责任。"我表述自己的体会。

莫尔顿老人笑了：

"好，请记住一个开钟人的责任！"

随即他将一把粗粗的黄铜钥匙交给了我。

月色中，我套上沾满油污的工装，独自一人来到钟塔下，钻进漆黑的塔楼，一路攀登上去。从睡梦中惊醒的蝙蝠，或许还有别的动物一阵骚动……然而我只听见自己怦怦跳动的心声，我一定要让这古老的大钟走得像老人们记忆中的那么准确，全镇人的分分秒秒都应当滴答在同一个节拍上。推开四扇沉重的钟面，我把头伸向夜色迷茫的星空，上完发条，抹完润滑油，一一校准了4个钟面上的共8根胳膊般粗细的指针。我又用手绢使劲地擦拭钟面。我要让4只大钟像运转良好的机器那样，永远保持步调一致。

两年过去了，教堂的大钟已经重新成为人们生活中的一部分。比如说在繁忙的邮局，一个什么人大声问道："现在几点了？"人们不约而同地将起袖子看一眼腕上的手表，或者掏出怀表，异口同声说："12点了。"并且照例会加上一句："我刚对过教堂的大钟。"

 **管理加油站**

歌德说,责任就是对自己要求去做的事情有一种爱。文中的这位开钟人正是由于深刻地了解到了自己的工作对于他人的重要意义,并且对这份工作充满了爱意,所以他才能够出色地完成自己的使命。在给其他人带来方便的同时,他自己也收获到了满满的喜悦。我们在对待学习时也应该这样,充满责任感、充满爱。

文 蔡新录

最后的逃生者 文 姜钦峰

两起灾难,两个奇迹,让我们记住了这两个"最高指挥官"。他们互不相识,但在大难当前的生死关头,两个人却作出了同样的选择——最后一个逃生。什么是英雄?我想,他们就是吧。

2007年8月20日,日本冲绳那霸机场发生了一场空难,中国台湾的一架客机降落时不幸起火,随后爆炸解体。通过机场监控摄像头,全世界人民目睹了当时惊心动魄的场面:浓烟滚滚中,飞机尾部的紧急安全门被打开,乘客们顺着充气滑梯鱼贯而下,紧急逃生。千钧一发之际,忽然有个黑影从飞机上高高跃下,这个位置靠近飞机头部,离地面足有两层楼高!

这种逃生方式显然是错误而且极其危险的。当我从电视上看到这个画面时,心不由得为之一紧,很为此人担忧。6年前的"9·11"事件中,

就曾发生过类似悲剧。莫非是哪个乘客因惊吓过度而慌不择路？很快，后续报道为我解开了心中的谜团，那个黑影并非普通乘客，竟然是机长！匪夷所思，身为飞机上的最高指挥军，面对突发事故，他为何会如此狼狈，难道连最起码的逃生常识都忘了？

万幸的是，他从飞机上跳下之后，竟毫发无损。机长叫犹建国，48岁。在事故后的首场新闻发布会上，他面带微笑地说："还能见到你们我真高兴！"淡淡的语气中，饱含着劫后余生的庆幸。在这起空难事故中，他是离死神最近的人。

当日上午9时30分，飞机刚刚降落，突然发生起火，机上乘客惊恐万分。情况危急，机长犹建国果断下令：组织乘客逃离！在全体机组人员组织下，乘客们开始紧张有序地撤离，火势越来越大，死神随时可能降临，人们都在争分夺秒。当机上157名乘客全部逃离后，火势已经失控，犹建国仍沉着冷静，再次命令机组人员撤离。

当确认飞机上只剩下自己一人之后，犹建国才开始逃生，可是为时已晚，通往安全门的道路已被熊熊大火封住了。情急之下，他迅速打开了右边的舱门，不容细想，纵身一跃。几乎在他落地的同时，身后忽然传来震耳欲聋的爆炸声，火光冲天，滚滚浓烟直冲云霄，飞机发生连续爆炸，瞬间化为碎片！

从发现起火到飞机爆炸解体，全过程仅有短短90秒钟，但机上157名乘客和8名机组人员全部逃生，无一伤亡。机长犹建国是最后一个逃生者，事后人们通过录像发现，他在爆炸前5秒钟才跳出飞机。

同样是在2007年8月，在河南陕县支建煤矿发生矿难，经过3000多人四天三夜的拼死奋战，69名遇险矿工全部获救。最后一个走出井口的人叫曹百成，他是当班的副队长，也是被埋在井下的所有矿工中的"最高长官"。事后，记者采访曹百成，问他为何最后一个出来，是巧合还是有意为之？他坦言，这是自己的安排。

因为突发透水事故，69名矿工被困在井下整整76个小时生死未卜。在求生本能的驱使下，曾有部分矿工情绪发生波动，险些引起内乱。曹百成当场流泪说:"大家千万不能乱,只要有老曹在,咱们69人就都能在! 到了能脱险的时候,你们先走,我一定坚持到最后,哪怕只剩我一个人出不去,我也心甘情愿。"话说到这个份儿上,众人再也无话可说,情绪渐渐稳定。曹百成说到了,也做到了。

两起灾难,两个奇迹,让我们记住了这两个"最高指挥官"。他们互不相识,但在大难当前的生死关头,两个人却作出了同样的选择——最后一个逃生。什么是英雄? 我想,他们就是吧。

管理加油站

在生死攸关的紧要关头,许多人都会慌了手脚,不知如何是好。但是在这篇文章当中,我们看到了两位在大灾面前临危不惧的英雄,正是他们的沉着和冷静挽救了在场的每一个人,创造了生命的奇迹。我们也应该学习两位英雄在危难面前的沉着、冷静,培养自己养成良好的心理素质。生活中不仅在灾难面前需要英雄,生活中的每时每刻都需要英雄。

文 蔡新录

控制你的脾气 文 佚 名

> 懂得收敛的人和肆意妄为的人，他们得到的幸福是有很大区别的。如果你总是被自己的坏脾气所控制，常常因此而烦恼，那你肯定不是个受欢迎的人。生命中难免会遇到各种麻烦，让我们想转身逃跑，或者让我们变得烦躁不安。

没有人天生脾气就很好，可以不需要注意和修饰；也没有人天生脾气就很坏，以至于后天的修养都无济于事。脾气是可以受到约束的，我可以告诉你一个非常典型的例子。有位先生，天生脾气暴躁、易怒、鲁莽，但后来他照料了一些病人，都是精神错乱的人，从此以后，他完全变了，再也没有人见到他发脾气了。

懂得收敛的人和肆意妄为的人，他们得到的幸福是有很大区别的。如果你总是被自己的坏脾气所控制，常常因此而烦恼，那你肯定不是个受欢迎的人。生命中难免会遇到各种麻烦，让我们想转身逃跑，或者让我们变得烦躁不安。

看看罗格·谢尔曼，他本来地位低贱，后来却成为美国首届国会议员，而且他的观点得到了那些著名人士的广泛拥护。他使自己成了脾气的主人，并且十分注重自己的修养。下面是关于他个性的一两件轶事。

一天，已经是国会议员的他正坐在会客室里阅读书刊。旁边房间里一个顽皮的学生拿着一把镜子，使阳光恰好反射到了谢尔曼先生的脸上。他把椅子挪了挪,而那学生不知趣地继续着。他再次挪了挪椅子,但是男孩仍旧没有停下来。他放下书,走到窗户前,很多目睹这事的人认为这个不知趣的学生肯定得挨骂。谁知谢尔曼只是轻轻把窗户打开,然后,放下了百叶窗!

我忍不住想再告诉你另一个例子。本来,他是一个情感非常强烈的人,但是他十分善于控制自己的情绪。平静、稳重、自我约束已经成了他的习惯。谢尔曼先生在家中坚持进行宗教仪式。一天清晨,他像平时一样把家人召集到一起进行祈祷。陈旧的《圣经》摆在桌子上。谢尔曼先生坐了下来,让他的一个孩子站在身边。他的老妈妈坐在房间的一个角落里。因为他有几个孩子已经长大并正在接受教育,所以有几位学院里的老师也在家中寄宿,他们也都在场。所有人都正对着谢尔曼先生,等待他诵读《圣经》。

谢尔曼打开《圣经》,开始诵读。坐在他旁边的孩子做了些小动作,谢尔曼先生停下来,告诉他要安静些后,又接着读,但不一会儿他又被迫停下来训斥这个小捣蛋鬼。他正处于好动的年纪,一刻也不肯停歇。这次,他轻轻拍了拍他的面颊。这一"拳"(如果这也能被称做一拳的话)恰好被他的老母亲看到了。她费力地站起来,蹒跚着穿过房间,走到谢尔曼先生面前,出人意料地用尽力气给了他一个耳光,眼镜都落在了地上。"好啊,"她说,"你打你的孩子,我也打我的孩子。"

顿时血涌上了谢尔曼先生的脸颊。但是他很快就恢复了惯有的平静和温和。他顿了顿,捡起眼镜,看了看他母亲,然后又接着

诵读起来。他没有读错一个字，而且非常镇静地读着。这给他的家人树立了好榜样。

管理加油站

生活中，我们每个人都会有情绪波动的时候，一个人如果总是十分暴躁的话，会给人留下不友好的印象，那么他当然也就不会受到别人的欢迎。相反，不管发生什么事，如果一个人都能够很好地控制自己的情绪的话，那么他也必定会成为一个深受大家欢迎的人。如果每个人都能够像谢尔曼先生一样善于掌控自己的脾气，那么我们的生活必将变得更加美好。记住，我们不仅要做自己的主人，还要做自己脾气的主人。

文 蔡新录

忍难忍之事 文 刘 彦

> 能忍难忍之事，不是胆小怕事，懦弱无能，而是目光远大，不为眼前得失所惑，是一种自信和力量的表现。借诗人泰戈尔的话说，那就是"当他们大为谦卑的时候，便是他们最接近于伟大的时候。"

人可能最难做的事情就是一个"忍"字。但令我吃惊的是，很多有所作为的人，恰恰都很能忍。

唐朝宰相娄师德为官几十年，在矛盾重重的中枢机构中从未有过帮派之争,也未有过大起大落的经历,始终受到重用。名相狄仁杰本来是他举荐的,但狄仁杰入相后,并不知道自己是受他举荐的这件事,还因为看不惯娄师德而屡次调他出京任职。武则天知道后,就拿出往日娄师德的举荐表章给狄仁杰看,说你怎么能这样对待有恩于你的人呢?狄仁杰看完后,大为惭愧。

　　娄师德的弟弟拜授代州刺史时,娄师德把他找来说:"我没有才能,却位居宰相的高位,今天你又得到一州长官,名利过多,别人就会嫉妒你,将如何保全父母赐给我们的身体呢?"其弟长跪答道:"自今而后,即使有人唾我一脸唾沫,我也决不还口,擦掉就是。这总可以消除长兄的担忧了吧。"娄师德说:"你把唾沫擦掉,表明你厌恶他,恰恰是在顶撞他。不如不去擦,让它阴干。"

　　富弼是北宋仁宗时的宰相,宽厚、谦和、大度,颇得当时满朝文武的认同。年轻的时候有个穷秀才在街心拦住他说:"听说你博学多识,请教您一个问题。"虽然来者不善,但富弼还是停了下来。秀才说:"请问,如果有人骂你,你会怎样?"富弼想了想,答道:"我会装作没有听见。"秀才哈哈笑道:"竟然有人说你熟读四书,通晓五经,原来纯属虚妄啊!"说完,大笑而去。富弼的仆人埋怨主人如此回答,富弼道:"此人乃轻狂之士,若与他辩论,必会言辞激烈,气氛紧张。即使把他驳得哑口无言又能怎么样?书生心胸狭窄,必会记仇,这是徒劳无益的事,又何必争呢?"几天后,那秀才又在街上遇见了富弼,富弼主动避让,殊不知那秀才反倒冲着富弼大声讥讽,骂他如同乌龟,富弼扭头就走。有人告诉他说秀才在骂他,富弼却道:"是骂别人吧!"

　　曾国藩也是一个能忍之人。他在长沙岳麓书院读书时,有个同室经常挑他的刺儿。曾国藩的书桌放在窗前,那人就说你这不是挡了我的光线吗?赶快移开!曾国藩晚上用功,读书时声音大了点,那人又说平常不读,夜深还要扰人清静吗?曾国藩中了举人,那人听到消息,无名火起:"这屋子的风水本来是我的,怎么叫曾国藩给夺了去!"曾国藩身边的同学不服气了,替曾国藩打抱不平,曾国藩却很平静,反过

来劝同学们冷静,并劝慰那个无理取闹的同室。当时的书院院长夸奖说:"国藩大度,必成大器!"

我想,这些人能忍难忍之事,不是胆小怕事,懦弱无能,而是目光远大,不为眼前得失所惑,是一种自信和力量的表现。因为他们明白,"小不忍则乱大谋","让三分心平气和,退一步海阔天空",实现理想才是最终目标,不一定非要"匹夫见辱,拔剑而起"。借诗人泰戈尔的话说,那就是"当他们大为谦卑的时候,便是他们最接近于伟大的时候。"

管理加油站

礼让他人,并不是胆小怕事和懦弱无能,它需要我们具有博大的胸怀和长远的眼光。在与同学相处的过程中,我们应该做一个豁达宽厚的人。尤其是与同学发生争执的时候,一定要控制好自己的情绪,尽量不与别人发生大的冲突。长此以往,我们必将取得更大的成功。

○文 蔡新录

先把泥点晾干 文 王 悦

发脾气是值得赞扬的,如果你能做到:在适当的场合,向正确的对象,在合适的时刻,使用恰当的方式,因为公正的理由而发脾气。

德国军队向来以纪律严明著称。在一本德国老兵的回忆录中,我发现他们有条耐人寻味的军规:一名士兵可以检举同伴的错误,被检举人也有权反驳。但如果长官发现检举和反驳的士兵曾在近期发生过冲突,那么两个人都会受罚。发生过冲突的人至少要等一周,等情绪完全冷静下来后,才可以告对方的状。

读研究生时,我的导师吉纳也经常告诫我们,不要一时冲动,成了情绪的奴隶。有一年圣诞节,她送给我的礼物是一只咖啡杯,上面印着亚里士多德的一句名言:"发脾气是值得赞扬的,如果你能做到:在适当的场合,向正确的对象,在合适的时刻,使用恰当的方式,因为公正的理由而发脾气。"

毕业后的一个雨天,我回系里探望吉纳教授。正赶上一名学生有急事要请教她,吉纳让我在外面的小客厅等她一会儿。小客厅和吉纳的办公室只隔了薄薄的一道装饰墙,屋里的对话不时传进我的耳朵。那位同学声音激动。原来其他实验室的另一名研究生出言不逊,当众讽刺他理论过时、见解平庸,令他大为恼火。他不知道是该直接找那个学生论个明白,还是应该找对方的教授评理。他这次来,就是要征求吉纳的意见。

"年轻人,"我听见吉纳教授慢条斯理地说,"有时候,别人的言行是很难理解的。如果你不介意,让我给你一个小建议。批评和侮辱,跟泥巴没什么两样。你看,我大衣上的泥点,就是今早过马路时溅上的。如果我当时立即去抹,一定会搞得一团糟。所以我把大衣挂到一边,专心干别的事,等泥巴晾干了再去处理它,就非常容易了。瞧,轻轻掸几下就没事了。"

好恰当的比喻!老教授的处世智慧令人叹服。那个聪明的学生也顿时醒悟,连连道谢。吉纳最后说:"我年轻时不善于控制情绪,深受其害。慢慢地我发现,最好的办法是先把让我恼火的事搁在一边,晾一会儿,等我冷静下来后,再去对付它们。如果你现在就去质问他,你会更生气,矛盾会更严重。我建议你,等情绪的水分都蒸发掉了,再来想这件事。到那时,如果你还打算讨伐他,请再来找我。不过晾干水分后,你也许会发现那泥点也淡得找不到了。"

管理加油站

俗话说："冲动是魔鬼。"由此可知，在冲动思维的指引下，人们有可能好心办坏事，或者干脆把事情搞砸了。所以，当我们因为外部刺激而情绪失控时，不妨转移一下注意力，等到心平气和、头脑冷静了，再来分析事件的来龙去脉、探讨解决问题的途径。这才是成熟、稳重的方法。

❏ 华贞芝

醉汉也 "文明"   ❏文 刘相平

> 我无意赞美醉鬼，但眼前的这个俄罗斯醉汉，却让我多少有点佩服。他烂醉如泥的时候，还没有忘记不乱丢杂物，保持着清醒的环保意识，从这个醉汉身上我看到了俄罗斯人的整体道德素养。

有一天。我们几个人在乌苏里斯克很繁华的一条街上走着，迎面走来一个醉醺醺的人，东倒西歪，手里还挥舞着一个空酒瓶子。他见到我们就喊："站住！别拦我！"我们当时很惊诧，站在原地没动，警惕地盯着他手里的酒瓶子。匆匆路过的俄罗斯人都见惯不惊地鄙视着他。他突然大笑几声，连连说："对不起，对不起。"然后向旁边让了让身子，摆手示意我们通过。

我们一直等着他。他转过身又向他来的方向走去。他的嘴里一直嘟嘟囔囔的，跟在他的身后，最后我们总算听清了几句："它寻求什么,在遥远的异地。它抛下什么,在可爱的故乡……在祈求风暴,在风暴中才有着安详……"我们后来猜想,他嘟囔的可能是莱蒙托夫的诗句。

他走到一个街边邮筒前,误把邮筒当成垃圾桶,想把那个酒瓶子扔进去。他绕来转去却一直找不到投物口,于是又向前走,三步一踉跄,五步一趔趄,碰到真的垃圾筒时,他却忽略了。这酒瓶子就怎么也扔不掉了。我们想择路而走的时候,他却在一个僻静的墙角处停下来,把那空瓶子轻轻地放到墙角的一个小台阶上。在他起身欲走开时,突然回头看了一眼那瓶子,那瓶子没放稳,倒了,他就又蹲下,双手郑重其事地摆正了酒瓶。如此反复了好几次。最后他终于放心了,转身向另外一条街走去,嘴里仍然嘟囔着。

我无意赞美醉鬼,但眼前的这个俄罗斯醉汉,却让我多少有点佩服。他烂醉如泥的时候,还没有忘记不乱丢杂物,保持着清醒的环保意识,从这个醉汉身上我看到了俄罗斯人的整体道德素养。

管理加油站

"水滴石穿,非一日之功。"良好社会风气的形成离不开每一位社会成员的努力。当我们每个人都能够自觉维护环境卫生时,世界就会变得整洁干净,空气也会变得清新无比。"环境保护"不应该只是一句口号,而应当切实贯彻到我们的日常生活中去。从我做起,从点滴小事做起。

 文 杨伟静

小布什：浪子回头金不换 文 王志俊

晚会上，他饮酒狂欢，大醉一场。醒来后发现人生如梦，突然宣布，他再不喝酒了，发誓要活出个样儿来，为父母争气，为自己的女儿做个表率，这不禁让朋友们大吃一惊。

1977年春，年满30岁的他估价了一下自己的生活，除了两张常春藤联合会大学的文凭，所获甚少。他想给自己的生活增添些正当的东西，于是心血来潮的他决定竞选众议院议员。问题是，他没有职业，没有家庭，没有房产，任何候选人都有的包装他都没有。他得变。

于是，小布什心急火燎地用了17000美元的教育信托基金组成阿布什托能源公司；接着买了房子；到了11月，他和劳拉·韦尔奇"旋风式地"完婚。至此，他拥有了从政生涯所需的一切，遂宣布参加竞选。

整个1978年，他都忙于竞选活动。他的政府世家感到了这是件正事。家人们给予了他大力支持，竞选经理是他弟弟尼尔。然而，"当他挨家挨户游说时，他娃娃气的样子没让人感觉到他是踌躇满志的生意人，倒更像是隔壁家的好小伙子在主动帮人把购物袋拿进屋内。"结果自然不妙，他落选了。

在政坛吃了一记闷棍后，小布什刀枪入库，决定在他老爸发迹的石油业认真地大干一番。1979年3月，他开钻了第一口井，结果出师不利，钻得的是一口枯井。后来小布什将公司更名为布什石油钻探公司,试图能有新起色,但是老天处处跟他作对,他所钻的井要么是枯的,要么产油只有一点点。1984年,他又将公司与七色光谱公司合并,成为其下属公司。当时该公司利润高,公司的两个老板也是共和党的赞助人。但由于石油降价,合并后的公司不景气,要不是他父亲的朋友帮忙,他早就做不成生意了。

尽管做生意一塌糊涂,小布什仍然是朋友心目中那个爱派对、爱热闹、极嗜杯中物的浪荡公子,并因此闹了笑话。有一次他醉酒回家,车子撞倒邻居家的垃圾桶,父亲闻声出来查看,训了他几句,他眼一斜,也认不清站在面前的是他老爸,居然与之对骂并扭打起来,引来不少人的围观。

到了1986年夏天,与酒为伴、一事无成的小布什真的想戒酒了。说起来还颇具戏剧性。他和妻子劳拉及一些朋友在科罗拉多斯普林斯的一个避暑胜地庆祝自己40岁生日。晚会上,他饮酒狂欢,大醉一场。醒来后发现人生如梦,突然宣布,他再不喝酒了,发誓要活出个样儿来,为父母争气,为自己的女儿做个表率,这不禁让朋友们大吃一惊。对他已经失望的老布什和母亲芭芭拉听到此言后不禁流出了眼泪。从此他一改过去的荒唐,真的滴酒不沾,并经常到中学去演讲,现身说法,教导年轻人要节欲,要远离毒品和酒精。真的是——浪子回头金不换。

管理加油站

古人云:"欲速则不达。"急功近利的心态会让人忽视事物发展的客观规律,须知量的积累达到一定程度才会引起质变。投机取巧不是通往成功的捷径,贪得无厌只会让胃口变坏。与其漫无目的地莽撞前行,不如放低姿态,摸着石头过河,循序渐进,才能抵达成功的彼岸。

文 杨伟静

遗忘的挂钟　文 崔鹤同

有些美好的东西只在高处,等待着我们去发现、去索取。只可惜,俯视的习惯常常使我们与其失之交臂。

　　因房屋拆迁,我们要搬家。一开始,妻子就提醒我,别忘了墙上那只挂钟。我随口答道:"你放心,忘不了!"

　　因为在附近不远处租了间过渡房,时间还宽裕,就自己凑合着用辆小三轮车每天搬一点儿,接连搬了几天,那天下午,终于搬完了,连房门也取走了。屋子里只留下了一堆衣服、鞋子,让拾荒的来捡吧。临走时,我又三间屋仔细清查了一遍,确实没落下什么。

　　傍晚,细心的妻子又去屋子里查看了一遍,自然没遗留下什么,那堆衣服、鞋子都给人捡走了。

　　晚上吃晚饭,妻子习惯性地抬起头向墙上看了一眼,惊慌地说:"糟了!挂钟没有拿回来!"

　　"哎哟,忘了!忘了!"我也急得直拍脑袋。

　　"去,快去看看!"妻子急得直挥手。

　　"还看个啥,早没了!"我看窗外已满街灯火,心想,啥时候了,那挂钟还在吗?但还是抱着侥幸的心理,带着只小木凳去老屋看看。

　　我匆匆赶往老屋。在楼梯的拐角处,借助屋外的灯光,我依稀地看到屋内客厅侧面的墙上还赫然挂着那只钟,令我惊喜万分!我站在小木凳上,双手颤巍巍地取下跟随了我们10多年的精工牌挂钟。

事后仔细想想,当时搬家,只顾低头忙乎,却忘了抬头向上看一看,结果竟然忘了当初还惦记着的墙上的那只挂钟。人们捡走了那些旧衣服和鞋子,却没有拿走墙上的挂钟,也因为缺少向上看一眼的工夫和智慧。

是的,有些美好的东西只在高处,等待着我们去发现、去索取。只可惜,俯视的习惯常常使我们与其失之交臂。

管理加油站

埋首做事的人往往心无杂念,视线执著于眼前,审慎地迈着前行的脚步,这种严谨的态度固然令人赞叹,但也正是因为他们无暇他顾,所以极有可能错过路途最美的风景,甚至擦肩而过的机遇。因此,在命运的转角处,我们应该抬起头来,也许就会发现路的那一边更加宽广无垠。

文 崔希兰

　　耻辱,就像一道难看的伤疤,无论我们是否注意它,它都会存在,都会记录着我们过去的那段失败的经历。在耻辱面前,我们应该保持一份敬仰的心态,因为只有这样,这道难看的伤疤才会时时鞭策我们,约束我们的行为。敢于直面耻辱的人,才是一个真正勇敢的人,我们每个人都应该努力成为一个勇敢的人,因为只有勇敢的人才是离成功最近的。

第4辑 重要的是选准方向

　　在撒哈拉沙漠腹地有一个小村庄叫比塞尔,要走出这块沙漠,需大约三昼夜的时间,因贫困所迫,村民曾一次次试图离开那里,但最终都无功而返。1926年英国皇家科学院院士肯·莱文,经过亲身尝试解开了人们的困惑——比塞尔人之所以走不出沙漠,是因为他们没有指南针,又不认识北斗星。他教比塞尔人沿着北斗星指引的方向行走,只用了三天,就走出了大沙漠。

　　所以,许多时候,仅有热情和能力是远远不够的,最重要的是要选准成功的方向,只要朝着明晰的方向努力,你才会离成功越来越近。

重要的是选准方向 _文 崔修建

> 许多时候,仅有热情和能力是远远不够的,最重要的是要选准成功的方向,只要朝着非常明晰的方向努力,就一定会走出荒漠,找到希望的绿洲。

美好的生活,从选定正确的方向开始。

在广阔的撒哈拉沙漠腹地有一个小村庄叫比塞尔,它紧贴在一块仅有15平方千米的绿洲旁,要走出这块沙漠,需要大约三昼夜的时间。为贫困的生活条件所迫,村民们曾一次次试图离开那里,但无论向哪个方向走,最后他们却又都一次次地返回了原地。

1926年,英国皇家科学院院士肯·莱文,带着极大的困惑来到了这里。他收起了指南针等设备,雇佣了一个比塞尔人,让他带路,想看看他们究竟为什么走不出沙漠。他们准备了足够用半个月的水,牵上两匹骆驼,一前一后上路了。

10天后,他们走了大约800英里的路程,第11天早晨,他们面前出现了熟悉的那一小块绿洲,他们竟又回到了比塞尔。

此时,肯·莱文终于明白了——比塞尔人之所以走不出沙漠,是因为他们没有指南针,又不认识北斗星。

要知道,在一望无际的沙漠中凭着感觉前行,一定会走出许多大小不一的圆圈,而比塞尔在方圆上千公里的沙漠中央,没有指南针,他们最后的足迹十有八九会是卷尺的形状——终点又回到起点。

后来,肯·莱文教比塞尔人认识了北斗星,沿着北斗星指引的方向,只用了三天,就走出了大沙漠。

其实,现实中很多的成功,都像上面这个小故事喻示的那样——许多时候,仅有热情和能力是远远不够的,最重要的是要选准成功的方向,只要朝着非常明晰的方向努力,就一定会走出荒漠,找到希望的绿洲。

管理加油站

一个人无论他现在多大年纪,他真正的人生之旅都是从设定目标的那一刻开始的,只有设定了目标,人生才有了努力的方向,也才拥有了真正的意义。美好的生活需要我们选准方向,而我们的学习同样需要我们选准方向。如果不选准学习的方向,我们就会走许多弯路,做许多无用功。因此,选准了奋斗的目标,并为之付出努力,就一定会像比塞尔人那样,走出学习上的荒漠,迎来希望的绿洲。

文 任芳心

为生活设定目标 文 苇 笛

也许,我们曾不满足于自己的平庸;也许,我们曾抱怨过生活的无聊。可当我们在心中为自己设下目标并持之以恒地向前迈进时,我们的生活也就掀开了新的一页。

唐太宗贞观年间,长安城西的一家磨坊里,有一匹马和一头驴。它们是好朋友,马在外面拉东西,驴在屋里推磨。贞观三年,这匹马被

玄奘大师选中,出发经西域前往印度取经。

17年后,这匹马驮着佛经回到长安。它重到磨坊会见驴朋友。老马谈起这次旅途的经历:

浩瀚无边的沙漠,高入云霄的山岭,凌峰的冰雪,海洋的波澜……那些神话般的境界,使驴听了大为惊异。驴惊叹道:"你有多么丰富的见闻呀!那么遥远的道路,我连想都不敢想。"

"其实,"老马说,"我们跨过的距离是大体相等的,当我向西域前进的时候,你一步也没停止。不同的是,我同玄奘大师有一个遥远的目标,按照始终如一的方向前进,所以我们打开了一个广阔的世界。而你被蒙住了眼睛,一生就围着磨盘打转,所以永远也走不出这个狭隘的天地。"

这是一个简洁的寓言故事,但我们从中却能看到一些生活的本质。研究表明,芸芸众生中,真正的天才与白痴都是极少数的,绝大多数人的智力都相差不多。然而,这些人在走过漫长的人生之路后,有的功盖天下,有的却碌碌无为。本是智力相近的一群人,为何他们的成就却有天壤之别呢?卡耐基的一份调查或许能够说明问题。

卡耐基曾对世界上一万个不同种族、年龄与性别的人进行过一次关于人生目标的调查。他发现,只有3%的人能够明确目标,并知道怎样把目标落实;而另外97%的人,要么根本没有目标,要么目标不明确,要么就是不知道怎样去实现目标……10年之后,他对上述对象再一次进行了调查,结果令他吃惊:调查样本总量的5%找不到了,95%的人还在;属于原来97%范围的人,除了年龄增长10岁以外,在生活、工作、个人成就上几乎没有太大的起色,还是那么普通与平庸;而原来与众不同的3%,却在各自的领域里都取得了相当大的成功,他们10年前提出的目标,都在不同程度上得以实现,并正在按原定的人生目标走下去。

卡耐基的结论同样令我们震惊。原来,杰出人士与平庸之辈最根本的差别,并不在于天赋,也不在于机遇,而在于有无人生的目标!就像那匹老马与驴,当老马始终如一地向西天前进时,驴还在围着磨盘打转。尽管驴一生所跨出的步子与老马相差无几，可因为缺乏目标，它的一生始终走不出那个狭隘的天地。生活的道理同样如此。对于没有目标的人来说，岁月的流逝只意味着年龄的增长，平庸的他们只能日复一日地重复自己。

也许，我们曾不满足于自己的平庸；也许，我们曾抱怨过生活的无聊。可当我们在心中为自己设下目标并持之以恒地向前迈进时，我们的生活也就掀开了新的一页。

管理加油站

平庸之辈的目标永远都在自己的脚下，而杰出人士的目标却永远都在远方。读了这篇文章以后，不要再抱怨自己天资平庸，没遇到合适的机遇，因为在成功面前，杰出者和平庸者比的不是这两方面，而是目标。只要拥有了明确且切合实际的目标，并能够为之不懈地努力，我们就一定会为自己的生活掀开崭新的一页。

 文 任芳心

坚持,梦想才会实现 文 李 力

一个人,应该活在一个个连续不断的目标中,因为只有这样,我们才能够不断超越昨天的自己,不断取得人生的辉煌。

一个10岁的孩子名字叫做艾力克,他的父亲带着他参加由美国激励大师丹尼斯·魏特利博士所举办的训练研讨会,这次训练的主题是在新的一年开始时的目标设定,以及自己所期待的人生发展。

除了授课之外,魏特利博士也设计了分组讨论及作业练习,他期盼参与者能设定未来5年和20年所希望达成的目标,而这些参与者必须要衡量他们的健康、资产、知识等客观因素,来推测不同年纪时,自己会处在社会的哪个位置。当大家为这个题目困扰之时,艾力克也试着规划着自己的人生,当大人们对于上台分享互相谦让时,年轻的艾力克却自愿上台分享他对这一系列目标设定问题的见解。

艾力克当着他的父亲、魏特利博士和在场所有的大人的面,说:"我最擅长的是组装模型飞机、打电动玩具和玩电脑。我觉得自己在整理房间和友爱妹妹的方面要更加努力。"大人们都对艾力克的诚实与纯真报以微笑及热烈的掌声。艾力克似乎得到了鼓励,开始谈起了自己的目标设定:他希望在1985年能自己组装一艘太空船模型,并且替邻居整理花园赚到400美元;在1991年,他的目标是去夏威夷旅行,同时能赚到700美元,目的是购买航空公司的五折机票优惠方案。他说:"这个目标有另一个困难度,就是要让我爸妈也存到同样足够的钱,这样他们就可以带我一起出国。"

　　魏特利博士又问起了他未来五年后的目标,他说:"1985年我就15岁了,那时是高一,到时我将用心钻研数学、自然及电脑技术。"再问他20年后的人生目标时,艾力克用手算了一下,说:"2000年,我30岁,到那时候我要住在佛罗里达州的卡拉维尔角,我想在NASA太空总署工作,或是把卫星送上轨道的通讯公司当一名太空人。我会锻炼出坚强的体魄,要当太空人,强健的体魄是必要的。他骄傲地完成了他的分享,他的父亲站起身来为自己的孩子鼓掌。

　　这个小男孩的勇气让魏特利博士印象深刻,因为他能给自己一个清晰的规划,能看到、听到、感觉到自己存在的位置,这是所有成功人士所共同具备的特质。后来魏特利博士告诉我,在1992年,艾力克从空军学校毕业,完整地接受了应有的飞行训练,他努力地成为一位优秀的飞行人员;在2000年,艾力克成为太空船飞行计划的候选人,正为进入太空做着更严格的训练。艾力克并没有显赫的家世,更没有万贯家财,但是他一心一意地走在自己所相信的路上。有一阵子,我特别会注意美国太空船升空的消息,看看是否有个太空人,正对着父亲及媒体的镜头挥手。

　　时序轮转又到了新的一年,这是一个反省过去、激励未来的时刻,艾力克的故事只是坚持不懈的例子,他与我们一样设定了目标,而最后的差别会在哪里呢? 我相信在每一个人心中都会有答案,那也是我们生命中所遗落的一角,找到了,填实了,我们终究会得到生命的圆满。

管理加油站

　　无论是在生活中还是在学习中,我们都应该为自己设定一个明确且切合实际的目标。比如,在学期开始的时候,我们应该为自己的学习成绩设定一个短期的提升目标,并开始为之努力,一步一个脚印地去实现自己的目标。那么,只要我们真的付出了,在学期结束的时候,就会惊喜地发现,自己又进步了一大截。一个人,应该活在一个

个连续不断的目标中，因为只有这样，我们才能够不断超越昨天的自己，不断取得人生的辉煌。

文 任芳心

走不回来的人 文 刘燕敏

> 工作和生活中有好多种走不回来的人。他们逆流而上，寻根探底，直至把那原始的目的淡忘得一干二净。这种人看似忙忙碌碌，一副辛苦的样子，其实，他们不知道自己在忙什么。

曾读过一个贪心人的故事。说是有个地主去拜访一位部落首领，想要块地。首领说，你从这儿向西走，做一个标记，只要你能在太阳落山之前走回来，从这儿到那个标记之间的地就都是你的了。

太阳落山了，地主还没有走回来，因为他走得太远，累死在路上了。

贪心人走不回来，是因为贪。然而现实生活中还有一类人，他们不贪，可是同样也走不回来。

有一次，我要在客厅里钉一幅画，请邻居来帮忙。画已经在墙上扶好，正准备砸钉子，他说："这样不好，最好钉两个木块，把画挂在上面。"我遵从他的意见，让他帮着去找木块。

木块很快找来了，正要钉，他说："等一等，木块有点大，最好能锯掉点。"于是便四处去找锯子。找来锯子，还没有锯几下，"不行，这锯子太钝了，"他说，"得磨一磨。"

　　他家有一把锉刀,锉刀拿来了,他又发现锉刀没有柄。为了给锉刀配一把柄,他又去校园边上的一个灌木丛里寻找小树,他要砍下小树,但又发现那把生满老锈的斧头实在是不能用。

　　他又找来磨刀石,可为了固定住磨刀石,必须得制作几根固定磨刀石的木条。为此他又到校外去找一位木匠,说木匠家有一现成的。然而,这一走,就再也没见他回来。当然了,那幅画,我还是一边一个钉子把它钉在了墙上。下午再见到他的时候,是在街上,他正在帮木匠从五金商店里往外架一台笨重的电锯。

　　工作和生活中有好多种走不回来的人。他们认为要做好这一件事,必须得去做前一件事,要做好前一件事,必须得去做好更前面的一件事。他们逆流而上,寻根探底,直至把那原始的目的淡忘得一干二净。这种人看似忙忙碌碌,一副辛苦的样子,其实,他们不知道自己在忙什么。

管理加油站

　　生活中,有许多人在许多时候因为想得太多而使简单的问题变得复杂化,甚至偏离了前行的方向。要想少走弯路,就一定要学会多问自己几个"我要干什么",明确自己的目标。这样你的生活或许会变得简单一些,不至于走得太远。

文 张霞

我的捡砖头思维 文 俞敏洪

> 金字塔如果拆开了,只不过是一堆散乱的石头;日子如果过得没有目标,就只是几段散乱的岁月,但如果把一种努力凝聚到每一日,去实现一个梦想,散乱的日子就积成了生命的永恒。

　　小时候我父亲做的一件事情到今天还让我记忆犹新。父亲是个木工,常帮别人建房子,每次建完房子,他都会把别人废弃不要的碎砖乱瓦捡回来,或一块两块,或三块五块。有时候走在路上,看见路边有砖头或石块,他也会捡起来放在篮子里带回家。久而久之,我家院子里多出了一个乱七八糟的砖头碎瓦堆。我搞不清这一堆东西的用处,只觉得本来就小的院子被父亲弄得没有了回旋的余地。直到有一天,我父亲在院子一角的小空地上开始左右测量,开沟挖槽,和泥砌墙,用那堆乱砖左拼右凑,一间四四方方的小房子居然拔地而起,干净漂亮得和院子形成了一个和谐的整体。父亲把本来养在露天到处乱跑的猪和羊赶进小房子,再把院子打扫干净,我家就有了全村人都羡慕的院子和猪舍。

　　当时我只是觉得父亲很了不起,一个人就盖了一间房子,然后就继续和其他小朋友一起,贫困但不失快乐地过我的农村生活。等到长大以后,才逐渐发现父亲做的这件事给我带来的深刻影响。从一块砖头到一堆砖头,最后变成一间小房子,父亲向我阐释了做成一件事情的全部奥秘。一块砖没有什么用,一堆砖也没有什么用,如果你心中没有一个造房子的梦想,拥有天下所有的砖头也是一堆废物;但如果只有造房子的梦想,而没有砖头,梦想也没法实现。当时我家穷得几乎连吃饭都成问题,自然没有钱去买砖,但父亲没有放弃,日复一日捡砖头碎瓦,终于有一天有了足够的砖头来造心中的房子。

后来的日子里,这件事情凝聚成的精神一直在激励着我,也成了我做事的指导思想。在我做事的时候,我一般都会问自己两个问题:一是做这件事情的目标是什么,因为盲目做事情就像捡了一堆砖头而不知道干什么一样,会浪费自己的生命。二是需要多少努力才能够把这件事情做成,也就是需要捡多少砖头才能把房子造好。之后就要有足够的耐心,因为砖头不是一天就能捡够的。

我生命中的三件事证明了这一思路的好处。第一件是我的高考,目标明确:要上大学。第一第二年我都没考上,我的"砖头"没有捡够,第三年我继续拼命"捡砖头",终于考进了北大;第二件是我背单词,目标明确:成为中国最好的英语词汇老师之一。于是我开始一个单词一个单词的背。在背过的单词不断遗忘的痛苦中,我父亲捡砖头的形象总能浮现在我眼前,最后我终于背下了两三万个单词,成了一名不错的词汇老师;第三件事是我做新东方,目标明确:要做成中国最好的英语培训机构之一。然后我就开始给学生上课,平均每天给学生上六到十个小时的课,很多老师倒下了或放弃了,我却没有放弃,十几年如一日。每上一次课我就感觉多捡了一块砖头,梦想着把新东方这栋房子建起来。到今天为止我还在努力着,并已经看到了新东方这座房子能够建好的希望。

金字塔如果拆开了,只不过是一堆散乱的石头;日子如果过得没有目标,就只是几段散乱的岁月,但如果把一种努力凝聚到每一日,去实现一个梦想,散乱的日子就积成了生命的永恒。

管理加油站

我们在学习的道路上也要学习这种"捡砖头"思维。不要一味盲目地学习，而应该为自己确立明确的目标，比如学期结束的时候，自己想要取得一个怎样的名次。接下来要做的就是向着自己目标的方向努力，砖头就好比我们付出的努力，一天的努力或许不算什么，但是日积月累，始终如一的努力就一定会使我们的学习成绩有所提升。当一个学期结束的时候，或许你就会惊喜地发现，自己已经拥有了一件非常漂亮的小房子。

文 张 霞

一个与众不同的学生 文 李浅予

待这个"多管闲事"的外系学生走后，老师激动地对身边的同事说："这是我见过的最勤奋、也是最有想法的学生……这个人，将来必成大器！"

这个人在艺术院校读书时，年龄已接近30岁，一成不变的老土打扮，让他成了这座著名学府里最引人注目的学生。

这个人沉默寡言，但总是很忙，除了自己系的课一次不落，还喜欢跑到别的系旁听，几乎所有系的课他都听了个遍。

关于这个人，还有这样两则"趣闻"：一次，这个人上课时被老师叫起来发言，不料身边的同学悄悄撤了他的凳子，结果回答完问题后，他便一屁股坐在了地上，惹得全班同学哄堂大笑。这个人红着脸从地上爬起来，一声没吭，拍拍裤子拉过凳子又坐下了。一位同学低声说了一句："这个人像韩信，能忍常人所不能忍……这个人，将来必成大器！"

　　还有一次,导演系准备拍一部短片,这个人像往常一样不请自来,默默地坐在一边,认真地听老师和同学们讨论拍摄计划。第二天一早,这个人红着眼睛,抱着半尺高的草图走进了导演系老师的办公室。老师好奇地翻了翻这堆草图,见上面画满了各种场景及人物,并详细地标注了自己的拍摄构想。待这个"多管闲事"的外系学生走后,老师激动地对身边的同事说:"这是我见过的最勤奋、也是最有想法的学生⋯⋯这个人,将来必成大器!"

　　多年以后,毕业于摄影系的这个人却成了大导演。他拍的第一部电影就获了国际大奖,这部电影名叫《红高粱》⋯⋯

　　管理加油站

　　在别人眼里,这个人又老又土,沉默寡言而又木讷呆板。在别人眼里,这个人的确很另类。但同时,这个人又是勤奋刻苦的,他用自己的实际行动打动了老师。就是这样一个在外人看来十分另类的人,最终取得了艺术上的巨大成就,他的成功经历值得我们每个人借鉴,那就是不在乎别人怎样看待自己,脚踏实地,认真走好脚下的每一步。

文　张　霞

人 生 隧 道 文 雷抒雁

> 没有一路阳光,又没有永远的黑暗,一段又一段的阴影,曲曲折折,起起伏伏,"雨后复斜阳,关山阵阵苍",构成了一个完整的人生。把这一段可以穿越的阴影,称作"人生隧道"。

我第一次坐火车穿过隧道时,已是一名大学生了,知识和经验都告诉我,这不过是在穿越一个山洞。黑暗和沉闷,都是短暂的,前边就是光明。果然,火车大吼一声便又风驰电掣般重新奔驰在阳光下,风景依旧紧张地从前面向我们涌来,又排山倒海似的向后面退去。

比较起来,我的孩子就很幸运了。第一次坐上明亮干净的火车时,差不多刚学会说话,走起路来也跟跟跄跄的。坐火车的新鲜感,使他无法安静地坐在位子上,总在过道上走来走去,去看那些陌生的面孔。

突然车开进隧道,阳光、风景顿时从车窗消失,而列车员又未及时地打开车灯。顿时,一片黑暗!

孩子吓坏了,哭叫着:"灯!灯!"

我想,那时他一定是处在一片恐怖之中,大约他以为一种可怕的、无法抗拒的灾难已经降临到头上。他大声呼叫:"灯!灯!"完全是一种本能的求生愿望。在他短短的生活经验里,也许他知道灯可以给他光明,使他找到摆脱灾难的方法。

当然,这一切对于一个无知的孩子来说,完全是一种幼稚的想法。只一瞬间,火车就以它强大的力量穿越了隧道,光明于是重归于眼前,几分钟前的风景、人物依旧。

我望着孩子眼中的惊恐,给他讲:这叫隧道! 接下来,我讲有关隧道的知识以及隧道是安全的,不必害怕。

接着,又是几个隧道。这回,孩子不哭了,自言自语地念叨着:"隧道! 隧道!"

他的穿越短暂黑暗的第一次经验,是在这恐慌中获得的。这已是许多年以前的故事了,可是它给我的启示,却总难忘记。

儿子慢慢长大了,上学、入伍、工作。不久之前,又开始交女朋友了。可是,常常在一段时间里会看到他皱着眉头,一个人发呆,过一段时间,便又见他笑逐颜开,好像什么事也没发生过似的。我不会去问他那些具体的事情,猜想着大概是与同事间发生了不愉快的事情,或者恋爱进展得不顺利。不过,从他的情绪变化中,我可以十分有把握地判断他一定是行进在"隧道"里,或者已经穿越了"隧道"。我在心里默默为他鼓劲,相信他会一步一步地走向成熟。

我想,把过隧道的故事用来比喻人生,比喻人生所经受和遭遇到的困难、不幸或挫折。没有谁的一生可以一帆风顺。"人有悲欢离合,月有阴晴圆缺,此事古难全。"但是,人又没有克服不了的困难,没有战胜不了的挫折。既没有一路阳光,又没有永远的黑暗,一段又一段的阴影,曲曲折折,起起伏伏,"雨后复斜阳,关山阵阵苍",构成了一个完整的人生。把这一段可以穿越的阴影,称作"人生隧道",我看是恰当的。

开凿与穿越这些"隧道",固然会有痛苦、劳累,甚至伤残,但那每一次都丰富着你的人生! 那是你生命中最深刻、最有价值的记忆,也是你人生中最值得自豪和骄傲的壮举!

人生的道路上,你不得不忍耐人生隧道中短暂的黑暗,如果你有足够的智慧和信心,那就意味着你的隧道里将灯火通明!

管理加油站

在人生的道路上存在着许多我们必须走过的"隧道"。只有真正用自己的双脚走上一回,你才会知道其中的滋味。在我们学习的道路上,同样有许多必须经历的隧道。英语不及格,数学怎么都不入门,学习成绩又下滑了十名……我们经常要穿越类似的隧道,但是只要我们坚信,没有哪段阴影是无法穿越的,就一定会迎来属于自己的那片艳阳天。

文 张 霞

做一条坚强的鱼 文 禹正平

我们有时可以失去爱情、金钱和地位,可我们不能失去内心的坚强和勇气。做一条坚强的鱼,活在当下,活在今天才是生命中最积极的态度,才可能等来命运转机的那一天。

岳父住在乡下,那里没有自来水。许多年前,他雇人在屋前挖了一口井,为了保持水的清洁和预防农药误入,特意请人从大河里捕捞了两条三寸来长的金丝鲤鱼担当健康卫士。鱼从大河里遽然被囚禁在小井里生活,失去了原有的自由和丰富的藻类,我固执地认为,不出半年,那两条漂亮可爱的鲤鱼就会夭折。

然而,一年过去了,二年过去了,五年过去了,我整天忙于生计,疲惫地奔波在都市的喧嚣里,竟将这件事忘得干干净净。那天,给岳父过六十岁生日,我信步来到井边,惊讶地发现那两条金丝鲤鱼还没有夭折,还在井里上下浮动,只是满身的金色暗淡了许多,身体不但没有长个,反而比先前消瘦了一圈。凝视着那两条坚强、执著和沉沉浮浮的鱼,我蓦然产生了一种对生命的敬重和膜拜之情。

转眼又过了三年,岳父突然打来电话告诉我,有位在水库养鱼的专业户相中了井里的那两条金丝鲤鱼(大河里已经捕捞不到这种鱼了),岳父原先还犹豫着,是那两条鱼坚强不屈的倔劲触动了他,才决定放它们一条出路。

我终于为那两条金丝鲤鱼有了新的归宿而舒了一口气。放下电话,我在想:八年了,整整八年了,鱼儿是怎么耐住寂寞,忍住饥饿,甘受羁绊,苦苦等来这命运的转机呢,答案显然只有一个,那就是内心的坚强和对生命的孜孜坚守。

其实,我们每一个人不就是时间长河中的一条小鱼吗?世事无常,我们难免会不由自主地落入这样或那样的井里不能自拔,只有那些内心坚强、具备良好素质的人才能坦然面对厄运,在命运突然转坏时不会趴下。我们有时可以失去爱情、金钱和地位,可我们不能失去内心的坚强和勇气。做一条坚强的鱼,活在当下,活在今天才是生命中最积极的态度,才可能等来命运转机的那一天。

管理加油站

世事变幻无常。形形色色的诱惑吸引着我们,林林总总的陷阱等待着我们,倘若我们的意志不够坚强,则难免会陷身其中,不能自拔。命运不会自我改变,机遇不会不请自来。人类之所以区别于其他动物,是因为人类有思维,有主观能动性,可以创造机遇、改变命运,而不是枯坐等待。

文 杨伟静

金字塔如果拆开了,只不过是一堆散乱的石头;日子如果过得没有目标,就只是几段散乱的岁月,但如果把一种努力凝聚到每一日,去实现一个梦想,散乱的日子就积成了生命的永恒。

第5辑 爱因斯坦的镜子

　　爱因斯坦小时候是个十分贪玩的孩子。一天，父亲给他讲了一个故事:有一次父亲和邻居杰克大叔去清扫工厂的大烟囱，进烟囱时杰克大叔在前面，父亲在后面，打扫完烟囱后，父亲的脸上比较干净，而杰克大叔却弄了个大花脸。父亲以为自己的脸也像杰克大叔的脸一样脏，所以就到河里去洗了又洗。而杰克大叔以为自己的脸像父亲的脸一样干净，所以只洗了洗手就到市场上去了。市场上的人们竟把他当成了疯子，指指点点、窃窃私语，而他却一头雾水，不知所以然。

　　父亲对爱因斯坦说:"其实，别人谁也不能做你的镜子，只有自己才是自己的镜子。"

爱因斯坦的镜子 文 佚 名

> 其实,别人谁也不能做你的镜子,只有自己才是自己的镜子。拿别人做镜子,白痴或许会把自己照成天才的。

　　爱因斯坦小时候是个十分贪玩的孩子。他的母亲常常为此忧心忡忡,母亲的再三告诫对他来讲如同耳边风。直到16岁的那年秋天,一天上午,父亲将正要去河边钓鱼的爱因斯坦拦住,并给他讲了一个故事,正是这个故事改变了爱因斯坦的一生。故事是这样的:

　　"昨天,"爱因斯坦的父亲说,"我和咱们的邻居杰克大叔去清扫南边工厂的一个大烟囱。那烟囱只有踩着里边的钢筋踏梯才能上去。你杰克大叔在前面,我在后面。我们抓着扶手,一阶一阶地终于爬上去了。下来时,你杰克大叔依旧走在前面,我还是跟在他的后面。后来,钻出烟囱,我发现了一个奇怪的事情:你杰克大叔的后背、脸上全都被烟囱里的烟灰蹭黑了,而我身上竟连一点烟灰也没有。"

　　爱因斯坦的父亲继续微笑着说:"我看见你杰克大叔的模样,心想我肯定和他一样,脸脏得像个小丑,于是我就到附近的小河里去洗了又洗。而你杰克大叔呢,他看见我钻出烟囱时干干净净的,就以为他也和我一样干净呢,于是就只草草洗了洗手就大模大样地上街了。结果,街上的人都笑痛了肚子,还以为你杰克大叔是个疯子呢!"

　　爱因斯坦听罢,忍不住和父亲一起大笑起来。父亲笑完了,郑重地对他说,"其实,别人谁也不能做你的镜子,只有自己才是自己的镜子。拿别人做镜子,白痴或许会把自己照成天才的。"

爱因斯坦听了,顿时满脸愧色。

爱因斯坦从此离开了那群顽皮的孩子们。他时时用自己做镜子来审视和映照自己,终于映照出了他生命的熠熠光辉。

管理加油站

在我们的生活中,几乎每个人都会遇到迷失自我的时候,就像小时候的爱因斯坦那样。我们总是习惯性地以自己身边的小伙伴作为衡量自己的一面镜子,总是习惯人云亦云。这种做法只能使我们一天天的平庸下去,尤其是选择了不好的伙伴作为自己的"镜子"则更容易贻误自己的一生。但是如果我们能够以自己为镜,就能够不断地发现自己的不足,进而不断弥补,不断完善自我。

文 杨伟静

美国小学生的劳动计划 文 崔黎明

并不是所有的计划都是无法完成的,只是有些时候,我们对自己作出了过高的估计。我们不妨学学文中的乔尔西,从身边力所能及的点滴小事做起,相信我们也可以实现自己的计划。

乔尔西是我的外孙女,她在美国出生长大。2006年秋季,六岁的乔尔西进入小学一年级。开学不久,一天放学回到家中,她高兴地拿着两张纸,贴在起居室的墙上,上面写着她的劳动计划。我问她:"你这

是什么意思？"她说："这是我自己制定的一个在家中劳动的计划。"我通过和她进一步的谈话了解到，这是学校老师的要求。更有意思的是，老师还让学生们将这个劳动计划公布。

乔尔西很听老师的话，她不仅将"劳动计划"在家里比较醒目的地方张贴公布于众，而且马上就开始行动了。

她计划的第一条是每天起床后将自己的床铺收拾好。平时她七点钟起床，懒懒的样子，动作很慢，经常被妈妈催促。现在她每天临睡前，都自己用小手将她床头的小闹钟定点到6:50，比过去提前10分钟起床并收拾自己的床铺。过去她起床后，床铺乱糟糟，留给她妈妈来收拾。现在她将自己的床铺每天收拾得整整齐齐的，枕头和枕巾重新摆好，整个卧室都比过去整齐多了，给人以清新的感觉。

计划的第二条是看书后，要将书放回原处，不能随处乱扔。她有几百本课外书，是分几个地方放的。她很喜欢看书，但看书时也很随意，有时在自己的书桌上看，有时坐在起居室的沙发上看，有时坐在地毯上看，有时还在她卧室的小桌子上看，过去看完书就随手一丢，还得大人们来给她收拾，她还认为这是理所当然的。她妈妈不知提醒她多少次了，她也知道这样不好，但就是改不了。自从这个计划出台后，她在哪里取的书看完后就放回哪里。我看到她这可爱的举动，觉得这个六岁多的小姑娘突然长大了。

计划的第三条是看完VCD盘后，将磁盘装回盒子里，再放到专门放VCD盘的箱子内。过去，她妈妈下班回家，经常看到地毯上堆得乱糟糟的VCD盘和盒子，这是她找动画片时翻乱的，看完后也是随手一丢完事，妈妈为此曾批评过她多次，现在她决心改正，因此把这一条也写入她的劳动计划中。

计划的第四条是饭后将自己的碗碟刀匙叉等收拾到厨房的台子上，不能饭后将饭碗一推就走开。其实吃完饭收拾碗这一良好的习惯，她早在半年前就养成了，除了中午在学校就餐外，在家里早餐、晚餐都是如此。为了巩固过去的成果，今日也写入她的计划中。

更有趣的是,她还做起了厨房里的活计。一个星期六的早晨,起床后去洗手间将手脸洗得干干净净,让妈妈教她做蛋糕,原来这个计划是昨天晚上临睡前与妈妈约好的。在妈妈的指导下,她亲手搅鸡蛋、加牛奶、加糖粉、加牛油等。然后使劲搅拌,再用勺子一勺勺地放在烤盘内,将其端到烤箱里,她妈妈又教她调好时间。一会儿,满屋子散发着烤蛋糕的香味,回荡着她兴奋的稚嫩的童声,透过烤箱的玻璃,她不时地观察着蛋糕胀大了多少。兴趣真的上来了,第二个星期,又让妈妈教她制作小点心,配制好材料后,用小手团成一个个小面团放到烤盘上的样子真是可爱。

乔尔西按照她自己计划的实施,体会到了劳动的快乐,明白了劳动是一件好事。半年下来,这个小女孩渐渐勤快了。现在,除了"劳动计划"外,乔尔西在家里还主动找活干,秋天的时候,前后花园的草地上撒满了落叶,她看见大人们在扫落叶,乐此不疲地跟着扫起来。还有一天,她下午三点半放学回家,见外公正在铲车库外面的雪,身上背着的小书包都没有来得及放下,就跟外公要了把小铲子,跟着铲起雪来,那劲儿还真像个干活的样子呢!我立刻回到屋内取来照相机,把这一场景定格在照相机内。

管理加油站

生活中,我们总是习惯性地为自己制订许多的目标,比如各种各样的学习计划。但是随着时间的推移,我们总是遗憾地发现,当初制订的计划总是很少实现或者根本就无法实现。看看文中小小的乔尔西,再想想我们自己,真是感到脸红啊。其实,并不是所有的计划都是无法完成的,只是有些时候,我们对自己作出了过高的估计。我们不妨学学文中的乔尔西,从身边力所能及的点滴小事做起,相信我们也可以实现自己的计划。

文 杨伟静

偷窃自己的人 文 佚 名

可悲的是,被偷得最厉害的人正是宁格先生本人。如果他能合法地出售他的能力,不仅会变成很有钱的人,而且在这一过程中,也会为他人带来很多喜悦和利益。当他试图去偷窃别人时,最大的失主却是自己。

这是一家小小的杂货店,时间是公元1887年,一个年过六旬、外表高贵的绅士来到杂货店购买水仙花。他取出一张20美元的纸钞票,等着找钱。店员接过钱后,就放在现金柜中准备找钱。她的手因整理水仙花而显得湿淋淋的,她注意到纸钞上掉色的墨水滴落到她的手上。

店员感到震惊,并且停下来考虑该怎么办才好。她内心斗争了一阵,就作出了决定。这位顾客是爱曼纽·宁格——一位老朋友、邻居和顾客。他肯定不会给她一张伪钞,所以她就找钱让他离开了。

在当时,20美元可不是一个小数目。她就把钱拿到警方去鉴定。有一位警察认为这并非伪钞,而其他的警察则对墨水为什么会被擦掉感到困惑。在好奇心和责任感的驱使下,他们搜查了宁格先生的家,在他的阁楼里发现了一台印制美元的设备。事实上,他们发现了一张正在印制的20美元钞票,还发现了宁格先生画的三张肖像画。宁格先生是一位很优秀的艺术家,他的造诣颇深,能用手绘制那些20美元的钞票。他一笔一画,鬼斧神工地画出这种能蒙过每个人的伪钞,但他运气不好,被这位杂货店店员的湿手识破而真相败露。

被捕后,他的那三张肖像画的公开拍卖价是1.5万美元。值得讽刺的是,宁格先生用来画一张20美元钞票所花的时间,跟画一张价值5000美元的肖像画所需的时间几乎是相同的。然而不管怎么说,这位聪明而又有天分的人却是一个小偷。可悲的是,被偷得最厉害的人正是宁格先生本人。如果他能合法地出售他的能力,不仅会变成很有钱的人,而且在这一过程中,也会为他人带来很多喜悦和利益。当他试图去偷窃别人时,最大的失主却是自己。

管理加油站

一个拥有一座宝藏的富翁、拥有天赋的艺术家,就这样用自己的双手将所拥有的一点点掘空了。虽然他在艺术上有极高的造诣,但只可惜他的品行太过低劣。人生最首要的任务,就是要培养自己的自尊心。一个人无论才华是否出众,只有先看重自己的尊严,才不至于作出自贬人格的蠢事。

文　杨伟静

你的老师是你自己 文 眭 平

是谁培养富兰克林成才的呢？用头儿的话说，是他自己，富兰克林就是他自己的老师。而富兰克林则认为，虽然头儿不具备文学创作知识，但他那独特的指导方式却让他真正明白了文学语言是怎样一门精确优雅的语言，使他懂得了人要不断为自己树立更高的目标。

这是一个真实的故事。

一位立志要成为大作家的年轻人几经周折来到了美国纽约的《大家》杂志编辑部。编辑部的头儿是一位满头白发，打着蝴蝶领结的老者，他那认真看稿的姿态似乎让人感到他浑身上下洋溢着学者的睿智。年轻人庆幸自己终于找到了一个知识渊博的好老师，因为传记书里都说许多大作家成名之前，都曾得到一个或好几个名编辑的扶助。然而，在起初的几年里，年轻人领教到的是头儿的神秘莫测，似教非教，但却受益匪浅。

年轻人第一次交稿时，头儿很快地扫了一眼稿子后，一字一句地说道："小伙子，如果某些字的拼写方式没有把握，那就请查查词典去。"年轻人立刻感到头儿说的每个字都像利箭似的射中自己的自尊，这对一个以为只有无知的人才会去查词典的年轻人来说实在是难堪。然而，当他看到头儿的案桌上放着一本翻开的《韦氏大词典》和他身后书架上排列着的十几本大词典时，他似乎又明白了头儿的教诲。

以后交稿,头儿总会不紧不慢地说:"文章中即使只出现了一处名词与动词搭配不当的句子也是失败的,就如同演员还没有拉上裤子的拉链,就出现在舞台上一样滑稽丢人。"这没有涉及具体内容的严厉批评,常使年轻人感到无法接受。但年轻人事后认真回味,又感悟到头儿在告诉他写作是一门具有高度技巧的艺术,作者应该对自己在写些什么和如何才能写得更贴切些要了然于心。在头儿的影响督促下,年轻人又没日没夜地在打字机上忙碌着,而且认真谨慎地创作,在写作中总想找到一个最贴切的词来表达某种情感或某种状态。

一段时间以后,年轻人在每次交稿时发现,头儿常常是埋头阅读比砖头还厚的古希腊史书,或是关于两栖作战法的军事理论书……要好一阵子,他才会抬起头仔细看交来的稿子,再发出几声沉重的叹息。然后,他会用他特有的方式告诉年轻人要学会如何提出富于挑战性的问题和了解事物内在秘密的方法,要具有刨根问底地去探求真理的工作作风。奇怪的是,年轻人从来没有对头儿本人是否具备这些素质表示过怀疑,而是以极认真的态度去思考下一篇更富有挑战性的选题。

年轻人饱尝挫折和失败的滋味后,一方面是"憎恨"头儿,因为是他使年轻人不断地看到自身的弱点,另一方面,年轻人又不断地改进,总期待着得到头儿的赞赏。虽然很难,但终于有一天,头儿用能使全编辑部的人都能听到的声音说:"嘿! 小伙子,文章可读! "这是头儿对别人文章的最高赞语。为了这一个简短的评语,年轻人一直在不断地努力。

头儿还有一个习惯,就是对年轻人的冷酷凝视,这种凝视常使年轻人感到自己就像一条待烹制的鱼,头儿总是用指责与诱导、批评与鼓励,精心地"烹制"着他。虽然有些难熬,但随着时间的推移,年轻人体会到头儿的用心良苦。在他眼里,头儿更像是一位交响乐团的指挥家,教会了他用精确的词汇表达清晰的思想,再配上节奏和主旋律,以此赢得读者的欢迎。创作者不仅给读者提供表面的信息,更应该在他

们的心灵深处奏响精神交响乐，最终把读者带入一个赏心悦目、如痴如醉的境界。

数年后，年轻人成了一个较为知名的作家，头儿也已退休在家。可年轻人对头儿的依赖并未减少，每到周末仍要抽空到头儿的家里请教一些写作中的问题。年轻人提出的问题越来越深奥，但每一次总是年轻人一个人在缓缓地诉说，头儿只是静静地倾听，偶尔也点点头，然后，由年轻人自己在话题展开后找到解决问题的答案。

十多年后，这位年轻人终于成了美国著名的大作家，他就是琼·富兰克林。然而，当他再次探望头儿并与他谈论文学创作中的重要问题时，头儿凝视着富兰克林说道："琼，我并不懂得你在说些什么，而且多年来我一直听不懂你跟我谈的问题。今天，我该向你透露谜底了。事实上，我并不是你印象中的那类谙熟文学的博学之士。我曾是一名到处打零工的人……每当政府机关录用工作人员时，我便积极去应征，没想到一家政府办的刊物雇用了我，我也不知道自己为什么会被看中。"他平静地说道："后来，我又出人意料地被任命为这家刊物的负责人。我手下的雇员几乎清一色的是些没有多少社会阅历的心地善良的青年，他们看不出我是个搞创作的门外汉。开头几天阅读来稿时，我几乎对每一个字都没有把握，只好去查词典。从那时起，我努力地读书，但许多内容我要反复读几十遍才记住。总之，我充当了一个别人根本无法想象的角色。"他笑了笑又说："再后来，你想让我教你创作的技巧，我想尽最大努力帮助你。然而，实际上我是让你自己成了自己的老师。"这简直让富兰克林无法相信，在头儿去世后，他整理头儿的私人手稿时得到证实，头儿自己写的文章完全像一名初学者的手笔，甚至可以说他几乎不懂什么叫做文学创作。

那么，是谁培养富兰克林成才的呢？用头儿的话说，是他自己，富兰克林就是他自己的老师。而富兰克林则认为，虽然头儿不具备文学创作知识，但他那独特的指导方式却让他真正明白了文学语言是怎样一门精确优雅的语言,使他懂得了人要不断为自己树立更高的目标。

 管理加油站

为了能够得到要求苛刻的头儿的一句赞赏的话,琼·富兰克林不断在工作中突破自己,不断地学习和减少毛病。虽然头儿只是一个创作上的"门外汉",但是他却告诉我们每个人一个道理,那就是,我们要懂得不断地为自己树立更高的目标。你的老师其实并不是别人,而是你自己。

▽ 杨伟静

其实你也有问题 ▽ 吴淡如

一个背向太阳的人,只会看见自己的阴影,连别人看你,也只会看见你脸上阴黑的一片。人的眼睛仿佛一台傻瓜相机,最怕背光照人相了——你的脸庞再美,只要背着光,那一定是失败的作品啊!

当你背向太阳的时候,你只会看到自己的阴影。

——纪伯伦

有一则小故事是这样的:有个太太多年来不断抱怨对面太太很懒惰,"那个女人的衣服永远洗不干净,她晾在院子里的衣服,总是有斑点,我真的不知道,她怎么连洗衣服都洗成那个样子……"

直到有一天,有个明察秋毫的朋友到她家,才发现不是对面的太

103

太衣服洗不干净。细心的朋友拿了一块抹布,把这个太太的窗户上的灰渍抹掉,说:"看,这不就干净了吗?"

原来,是这位太太自己家里的窗户脏了。

每一个人都曾经遇到不少愤世嫉俗的人,或者,你也有一些看什么都不顺眼,永远觉得命运对自己比较坏的朋友。但在倾听他们的怨言之后,总会发现有句老话说得很妙:可怜之人,必有可恨之处。

人们看到外面的问题,总比看到自己内在的问题容易些,而把错推给别人,也比检讨自己来得容易(检讨自己和责怪自己,又是两回事了),于是,愤世嫉俗的人常从年轻愤怒到老,遇上有人过得好,都想咬他一口,斜视久了的眼睛看什么都不顺眼。

最近,我在网络上看到一则办公室守则,应该也是一位愤世嫉俗的上班族写的,韵脚还压得真不错,全文如下:

苦干实干,做给天看;东混西混,一帆风顺。任劳任怨,永难如愿;会捧会献,杰出贡献。负责尽职,必遭责难;推脱栽赃,宏图大展。全力以赴,升迁耽误;会赞会溜,考绩特优。频频建功,打入冷宫;互踢皮球,前途加油。奉公守法,做牛做马;逢迎拍马,升官发达。

他的写法可能让不少人"大快人心",没错,上班难免会受点委屈,看老板脸色也是必然的事情。但他所写的未必都是实情。在过去的某些单位,也许真的有"少做少错,多做多错"的现象,但是在这个连政府机关都必须讲究效率、国营单位也要自负盈亏的时代,只靠溜须拍马升官的人,还是微乎其微的。

发泄一下没关系,但如果你一味认为这个世界上会出头的都是混蛋,只拿愤世嫉俗来替代反省自己,那么对自己的成长是一种最大的耽误。

既然把新办公室守则写得这么酸,那自己一定也有很不受欢迎的偏激性格,换个角度想想,如果你是老板,你会付薪水给这样的属下吗?

一个背向太阳的人,只会看见自己的阴影,连别人看你,也只会看见你脸上阴黑的一片。人的眼睛仿佛一台傻瓜相机,最怕背光照人相了——你的脸庞再美,只要背着光,那一定是失败的作品啊!

 **管理加油站**

金无足赤,人无完人。其实世界上根本就不存在十全十美的人,我们每个人的身上都或多或少地存在着一些小毛病。只是在遇到问题的时候,我们总是习惯性地把责任归结到别人身上。就好像背向阳光的人,自己始终都处在一片阴影当中。真正的智者,应该是一个能够意识到自己身上的问题,并积极改正的人,而他,也一定是一个迎着阳光,乐观向上的人。

文 李元军

险些成了盗车贼  文 季 雷

> 它时时提醒我,当恶念头冒出来之时,应当多想想它的后果以及做人的准则,三思而后行,才能少犯错误。一个人要想在社会上留下点好名声不容易,可要想留下恶名那还不是举手之劳。

生活中,往往有这种情景:只因一念之差,或为人上人,或为阶下囚;只因一念之差,或为好人或为恶人。看来把握住一念之差,的确很重要。我就有这么一次,因一念之差,险些成了盗车贼。现在给自己曝曝光,也给别人提个醒儿。

事出有因。应了"福兮祸之所伏"那句话,我正为自己分到楼房而

庆幸，却不料自己那辆崭新的"斯波兹曼"变速车在楼下被盗走了。

离我家不远有一座体育馆，晚上，我常去光顾。那天夜晚，我又独自来到馆内，四处静悄悄的，我发现在一间宿舍窗下有几辆自行车，其中有辆变速车特别漂亮，居然没上锁！一个念头猛地冒出：何不盗了它去，以弥补自己被盗的"斯波兹曼"？

一阵犯罪感袭上心头，我忙逃避似的又回到原处出拳压腿地折腾。可就是定不下神，那念头老在怂恿我：车没锁，骑它就走！别人偷了你的车，你为何不能偷别人的？李宗吾《厚黑学》中不是说为人处世需皮厚心黑吗？

我到底被此念征服，悄悄来到窗下，犹豫一阵后，终于下定决心，慢慢推出那辆车，骑上它，几乎悄无声响地迅速冲出大院。离开好长一段距离我才停住回头观望，没有影视中常见的有人提棍尾追的镜头。啊，成功了！

回家途中，我感觉遇到的每个人都在看着我，危机四伏，阵阵恐惧袭上心头。

我想象着：东窗事发，领导找我谈话，派出所的人给我戴上手铐，同事和朋友们指点着我："啊，想不到，他原来是个偷车贼……"再说，丢车的人多难受呀，说不定那是全家人节衣缩食才买来的，我给人偷走，多缺德！自己不是也丢过车吗？是什么感觉……我想不下去了，不由得停下来。

"把车送回去！亡羊补牢，未为迟也。"这想法就似黑暗中亮起一道曙光，使我内心一下明亮起来。

体育馆里依然静悄悄的，月光坦荡。我把车放回去，故意将车停在离开原处一段距离的地方——给那大意的车主提个醒儿。

徒步回家，感到如释重负，身心有说不出的轻松，我的心灵经历了一次波折，也得到一次升华。我真正体会到那句话："菩萨与魔鬼之间，仅一念之差也。"

人非圣贤，孰能无过，有时过错的发生就在一念之间，做人就是要时时把握住这一念之差。倘若那时我把车盗回,而不是在一念之间又把车送回去,即使没有任何人发觉,自己又怎能心安理得地骑着盗来的车? 盗车贼的阴影将伴随我一生,自己如何能堂堂正正做人? 怎样来教育子女? 这个教训我将永记心头。

　　它时时提醒我,当恶念头冒出来之时,应当多想想它的后果以及做人的准则,三思而后行,才能少犯错误。一个人要想在社会上留下点好名声不容易,可要想留下恶名那还不是举手之劳。

　　人啊,无论何时何地,可千万要把握住自己。

管理加油站

　　人的一生当中,难免会犯一些或大或小的错误。但遗憾的是,很少有人能够在自己做了错事以后,主动反省自己的行为,及时地改正自己的毛病。生活中,我们也应该学习作者的这种做法,遇到问题,及时反省自己。人不怕犯错误,重要的是能知错就改。正如文中说的那样,三思而后行,才能少犯错误。

文　李元军

自己做自己的观音 文 南 北

要想真正改变自己的命运,就必须先改变自己的内心,改变自己的思想和观念,也就是要首先战胜原来的那个自己,以一种全新的面貌上路。

　　曾经有一位商人,做海上运输的生意。经过几年的辛苦努力,获得了不小的成功。他不但置买了房产,娶了一个漂亮的妻子,而且还建立了自己的船队。就在他踌躇满志、想要大展宏图的时候,不幸降临了。在一次远洋运输途中,他的船队遇到了一场罕见的风暴,在经过了一次又一次的殊死拼搏后,他的船队还是被无情的大海吞没了,只有他和几名船员侥幸被路过的船只救起,才算保住了性命。当时他想,无论如何,我还有房产和妻子,还有一个温暖的家在等待着我。这样想的时候,仿佛减轻了一些他因失去船队而引发的痛苦。但是,当他急急忙忙赶回家的时候,他看到的是一片废墟。原来,几乎就在他海上遇难的同时,他的家也被一场意外的大火烧成了灰烬。他娇美的妻子,也葬身在这场大火之中。

　　接踵而至的灾难,使这位商人一病不起。他的一位好友将他接到了家中,请医治疗,又百般劝慰他。病情渐渐地好了,但他却对什么都失去了信心,几乎成了一个废人。一天,他在外面胡乱转悠时,不知不觉来到一座寺院里。突然,他的头脑里像闪电一样划过一道亮光。他早就听人说,这座寺院里的观音菩萨很灵验,有求必应。于是,他用朋友给他的零用钱,买了上好的香烛和供品,想求菩萨保佑他重建家业和事业。当他走进大殿里的时候,看到有一个人正跪在观音菩萨的座像面前,在喃喃地祈祷着什么。他和那人并排着跪了下去。他用目光扫了一眼那人,觉得好生熟悉。他又仔细看了一眼,这一看不要紧,令他一下子惊呆了。原来,跪在他身边的不是别人,正是和莲花宝座上的塑像一模一样的观音菩萨。停了很久很久,他才从惊诧中清醒过来。他不明白,观音菩萨怎么会自己来求自己呢? 于是,他试探着问,您是观音菩萨吗? 那人说是。那……您怎么会自己求自己呢? 不是所有的人有事都来求您的吗? 您……怎么会自己也来求自己了呢? 商人有点语无伦次起来。观音菩萨并不看他,只是对他说,不错,世上的人有什么事情都来求我。可是,我自己有了事儿又去求谁呢? 就只好求我自己了。其实,你们向我请求帮助,也是在请求自己。因为我不可能满足芸芸众生的各种要求,我只能给你们每人两样相同的东西,那就是善心和信心。有的人把善心和信心带回了家,于是,他如愿以偿,得到了他想要的东西。而有的人却把我给他的东西丢在了路上,于是,他就什么也没得到……

商人听着观音菩萨的话,如在梦中。等他刚想再问什么时,看身边的人,已不知什么时候不见了。他如梦游一样起身,恍恍惚惚地向大殿外走,不小心一下子被门槛绊了一跤,重重地跌出门外。在殿外明媚的阳光下,他终于完全地清醒了过来。他也和观音菩萨一样喃喃自语道,对啊,我是应该带着善心和信心回家的啊。不,是要把善心和信心珍藏在自己的心灵中……

十年之后,这位商人凭着时刻关爱他人的善心和独立自主的坚强的信心,终于重建了自己的海上运输王国,规模是原来的几十倍,他也理所当然地被业界拥为船王。当然,豪宅与娇妻,对他就更不在话下了。

的确,人们在遭遇不幸和挫折的时候,是最容易意志崩溃和心灰意冷的。这时候,人们大都像溺水一样,希望得到外力的援助,却很少想到自己是可以救自己的。但是,要想真正改变自己的命运,就必须

先改变自己的内心,改变自己的思想和观念,也就是要首先战胜原来的那个自己,以一种全新的面貌上路。

世上本无路,路是人走出来的。

世上也没有可以救一切苦、一切难的观音,观音就是你自己。

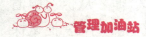

管理加油站

人们在遇到困难的时候,总是习惯性地去祈祷,希望能够得到外力的援助。但是,只要我们细想就会发现,即便世界上真的有能够援助我们的外力,我们脚下的路还是要由我们自己来走。那个真正能够挽救我们,改变我们命运的人,不是别人,正是我们自己。所以,要想真正改变自己的命运,就从战胜昨天的自己开始吧。

⊙ 文 杨伟静

做你不喜欢的事  文 (美)杰克·霍吉

"磨炼法则"对于培养克己自制的品质至关重要,而克己自制则是充分发挥潜能的关键所在。

每天都尝试去做一点儿你原本不喜欢的事吧,就当成是对自己的磨炼。

我是一位长跑爱好者,每天早上我都会慢跑五公里。不论严寒酷暑,刮风下雨,我总是坚持着。其实开始时,情况并不如此。

我曾经十分厌恶早起,每天早晨我都赖在被窝里为早起做着激烈

的思想斗争。我总是使出吃奶的劲儿，才勉强从被窝里爬出来。真的，你也许会有同感，早上在床上的每一分钟都是如此让人珍惜，很多次我都又迷迷糊糊地打上几个盹儿。我也同样不喜欢跑步，尤其是长跑，我觉得它又艰苦又乏味，还会让人腰酸背痛。因此，一大早起床跑步，对我来说无异于天方夜谭。那么，我，这个最不可能坚持下去的懒虫，究竟是如何转变成今天的长跑爱好者的呢？

答案需要追溯到我的祖父那番改变了我一生的教诲。祖父告诉我说，为了成为一位"行动者"，一定要做到自律。他解释道，不论我做什么，也不论我多么努力，如果我不能做到掌握自己，那么，将永远不能发挥出自己最大的潜力——这便是祖父的"梦想者"与"行动者"学说的核心思想，即：克己自制。

祖父引用他最喜欢的名人马克·吐温的一句话，来解释如何做到克己自制："关键在于每天去做一点自己心里并不愿意做的事情，这样，你便不会为那些真正需要你完成的义务而感到痛苦，这就是养成自觉习惯的黄金定律。"祖父把这叫做"磨炼法则"，并鼓励我说，只要我能够坚持一个月，一定能把自己改造成行动者。我听从了祖父的建议，并选定了晨跑这件对身体有好处但对我来说是那么艰苦的差事，开始亲身实践祖父的"磨炼法则"。

这可真是名副其实的苦差事呀。虽然我知道长跑益处多多，但我仍然讨厌它。我的身体状况很差劲，从家门口到四十码开外的信箱，往返一趟就让我气喘吁吁了。我确实是需要某种有助于提高心肺功能的运动，可我一定也不愿意选择长跑。于是，长跑便成了一件不折不扣的，我每天都必须做的、不感兴趣的事情。

我的转变非常缓慢。每天的早起，却只能得到腰酸背痛的奖励。我有时会感到无比的畏惧。我依旧跑不了几步便气喘吁吁，上气不接下气。这样子下去，估计"磨炼法则"对我很难生效了，我的克己自制的目标也渺茫了起来。但唯一让我牢记心中的是，我必须强迫自己坚持一个月！我做到了，一些意想不到的事情也就开始发生了。

随着身体状况的慢慢变好,跑步逐渐变得轻松起来,起床也变得不再那么艰难了。月底的时候,跑步这份苦差事似乎不再那么恐怖了,尽管早起仍然有点儿困难,有点儿费劲,但似乎可以克服。一切都变得越来越容易,越来越自然,直到我竟然不自觉地渴望晨跑。这时,我才开始真正感觉到,原来清晨长跑是一种享受。

让我们看看究竟发生了什么:我只不过是每天早上都爬起来去跑步罢了。然而,清晨长跑竟成了我的一个习惯,成了我的日常行为的一个部分,我也不用强迫自己了,每天的晨跑成了自然而然的习惯。

"磨炼法则"对于培养克己自制的品质至关重要,而克己自制则是充分发挥潜能的关键所在。

管理加油站

"每天都尝试去做一点儿你原本不喜欢的事",乍一看,这句话不仅看上去有点儿不太符合逻辑,而且似乎还有点儿自虐的意味。实际上,我们每个人都有一种与生俱来的惰性,要想从本质上改变自己的这种惰性,必须从磨炼自己的意志开始,而磨炼意志就要从做自己原本不喜欢的事开始。当你逐渐习惯了去做那件自己原本并不喜欢的事时,你已经进步了。

文 杨伟静

不让世界改变自己 文 尹玉生

这个世界上有这样两种人：一种人总是去做自己认为正确、有益的事；另一种人则是寻找理由不去做这样的事情。

在一家超市里，父亲、母亲和年轻的儿子一家三口人在完成了家庭购物计划之后，父亲让儿子将使用过的购物手推车送回到原来的地方。"爸爸，你看到没有，手推车扔得到处都是，没有一个人送还的，这也是超市专门雇人负责收集归拢手推车的原因。"父亲耐心地教导着儿子："那么，儿子，你认为送还手推车是不是一件有益的事情呢？"

儿子陷入了沉默。短暂的沉默之后，母亲插言道："这不是什么大不了的事情，别太苛求儿子了，我们回家吧。"

当父亲正要放弃自己的要求时，他看到，一对年迈的老夫妇一人推着一辆手推车，将它们送还到了原来的地方。目睹这一情景，父亲再次对儿子说道："儿子，这世界上共有两种人：一种人用过手推车后，将它随处一扔了事；另一种人则会将它送还回去。我希望你做送还回去的那种人。现在，你把手推车送回去吧。"

显而易见，这个故事并不是在探讨送不送还手推车的问题，它探讨的是在一个简单行为背后的价值认知问题。这个故事其实在提示我们这个世界上有这样两种人：一种人总是去做自己认为正确、有益的事；另一种人则是寻找理由不去做这样的事情。

第一种人无疑是可贵的，但更可贵的是，这种人无论别人做不做，

他们都会坚定地去做他们认为正确的事情,这并非因为他们认为这样的行为会改变世界,而是因为他们不想让世界改变自己。

在学校里,我们总是会遇到那种为自己的过错或者行为寻找理由的同学。作业没完成会有许多理由,单词没背也会有很多理由。但是不论什么时候,我们都应该记住,无论别人怎样,只要自己认为正确的事情,就一定要坚持去做。

文 杨伟静

只为心安 文 赵功强

事情真相大白,当地电视台邀请塞纳昂做节目。主持人问塞纳昂,为什么不想法逃避责任,又问他是否为无故损失金钱、时间和精力而感到后悔。

2007年1月的一天傍晚,塞纳昂驾车从波特兰赶往谢里登签一份订购合同。这是经过三个多月的艰苦谈判才取得的成果,塞纳昂异常高兴,一路飞奔,四百多公里的路程,不到三个小时就跑完了。

泊车的时候,借着灯光,塞纳昂发现右前轮上沾有异样的东西,他用手摸了摸,放在鼻子前闻了闻,有一股刺鼻的血腥味。

塞纳昂紧张起来,难道是自己快速赶路撞了人?他反复回忆,没有车子碰撞物体的印象。塞纳昂不放心,重新上车,掉转车头,准备沿来路察看。

　　这时,等待签约的商业伙伴打来电话,催他快一点。塞纳昂解释说自己有急事,希望他再等几个小时。对方大为恼火,嚷道:"见鬼去吧,你这个不守时的家伙。"随即挂了电话。塞纳昂怔了怔,那是一笔300万美元的合同啊! 可是,他没有改变自己的打算,还是驱车上了路。

　　浓重的夜色中,塞纳昂边开车边沿途察看。最后,在高速公路行程近一半的路边,他看到一个人躺在那里,赶忙停车,走了下去。

　　躺在地上昏迷不醒的是一位十三四岁的女孩。她的头部受了伤,血流了很多。塞纳昂没有多想,把孩子抱上汽车,向市内医院疾驰而去。经过抢救,孩子已脱离生命危险,但还是昏睡不醒。

　　警方联系上了孩子的父母,这对丧失理智的夫妇咆哮着扭打塞纳昂。塞纳昂不做辩解,默默忍受。家里的人都说他太傻,既然没有事实证明他就是肇事者,何苦要把责任往自己身上揽? 即便是他闯的祸,天不知地不晓的,为什么还要自寻麻烦? 塞纳昂并不多做解释,放下手头的业务,每天在医院陪护那位名叫凯瑟琳的受伤女孩,并支付医疗费用。

　　凯瑟琳昏迷了26天,塞纳昂寸步不离地守护了26天,花费38000美元的医疗费。第27天,凯瑟琳终于清醒过来,向人们说出事实的真相:事发当天,她到郊外写生,返回途中,为了抄近路,她越过防护栏上高速公路,结果被一辆迎面驶来的摩托车撞倒。原来,塞纳昂车轮上的血迹,只是经过凯瑟琳身边时,沾到地面的鲜血留下的。

　　事情真相大白,当地电视台邀请塞纳昂做节目。主持人问塞纳昂,为什么不想法逃避责任,又问他是否为无故损失金钱、时间和精力而感到后悔。塞纳昂说:"当时,我只是想到,如果不返回察看,我一辈子都不会安心。从事情一开始,我的做法就让自己安心,我哪里会有什么后悔。"

管理加油站

　　为了一件原本与自己无关的事情,而丧失了一大笔收入,这在许多人看来都是很不值得的,但是在塞纳昂看来,一切都显得无足轻重,因为他所证实的是一个人的良知要远比金钱更重要。金钱虽然损失了,但却换来了难得的心安,的确很值得。用抛弃良知换来的金钱,一定是让人无法心安的。

文 杨伟静

留一只眼睛看自己 文 李 茂

　　人最大的劣根性是双眼都用来盯着别人,而难以自检。留一只明亮清醒的眼睛看看自己,那该是清者更清,浊者也不浊了。

　　我在无意间闲逛,进入这家店铺,就被悬挂在墙体上的一张肖像画深深地吸引住了——这个满目沧桑的男子的脸上只有一只眼睛。但我分明感受到他的另一只眼睛在他的心底清澈地张开着。

　　这是意大利画家莫迪里阿尼的肖像画。这个桀骜的画家所画的肖像画有一个突出特点,就是许多成人只有一只眼睛。当别人问他是何用意时,画家的回答耐人深思:"这是因为我用一只眼睛观察周围的世界,用另一只眼睛审视自己。"

　　"人最大的劣根性是双眼都用来盯着别人,而难以自检。留一只明亮清醒的眼睛看看自己,那该是清者更清,浊者也不浊了。"

　　店铺的店员应了我的请求,把店铺的主人请了过来,这是一个给人以洁净感的男子,我们在相互的自我介绍后,面对肖像画,他这样感叹。

　　我微笑。

　　"你已经连着三个多月到我的店铺里来了,我的店员告诉我,你并不购买任何的物品,只是静默地看一会儿肖像画,就走。我想,你是懂得画的人。"

　　我们围着设在店铺深处的茶几落座。

　　店铺的主人从商已经十年了,他为了爱情舍弃了他自身的专业,因为他爱恋着的女子患上了红斑狼疮,女子的容颜在病魔的吞噬下越来越丑陋。她在某个夜晚,或者凌晨,从医院里出走,只留下一封信笺说,她会记住所有美好的日子,顽强地生活下去。但她并不希望他因为爱情而蒙蔽自己审美的眼光,"我已经是丑陋的了,我承受不起人们看着你搀扶着我行走过后,留下的惋惜大过祝福的目光。不要找我,我会更加安宁一些。"

　　女子信笺上的每个字都已经烙在了他的心底。他没有去找她,因为他懂得女子做出这样的举动时,她已经在用另一种生存方式生活。

　　女子选择了阳澄的湖底做了她永久的睡床。

　　店铺的主人依然经营着店铺,在某个初冬的午后,与逛店的另一名女子相识,并走进婚姻的殿堂。

　　"我们生活得很好,尽管我的妻子知道我钟情于她,是因为她与沉睡的她有着十分相似的眼神,但这并不影响我们婚姻的单纯性。我想我的妻子会常常感叹,她相对于逝去的她要更幸福一些,因为可以真实地触摸到爱人。"店铺的主人侧过他的脸颊,看着我说。

　　我躲过了他的注视,低下了头,说:"我在办公室已经度过了一段较为漫长的寂寥的日子。我在婚姻的旋涡中挣扎。但今天看见莫迪里阿尼的肖像画让我警醒。我在拿怎样的眼光审视婚姻,审视自己?"

我把挑剔的目光更多地放在爱人的身上，这让我失去平衡的度量。

"能够看到自己的失衡，本身就是一种公正。我始终相信自己对你的第一感觉，你的心底闪烁着一只眼睛。"店铺的主人在我缄默了很长一段时间后，告诉我，"回转吧，保持良好的心态，你也需要一只不断审视自己的眼睛。愿我们都能用一只眼睛观察周围的世界，用另一只眼睛审视自己。"

我抬起头，看着店铺主人的眼睛，我们的眼瞳里都将留下彼此的身影，但我更愿意认为，我们彼此留下的是对自己更多的审视。

此时，店铺外已是灯火阑珊。

管理加油站

人们喜欢用挑剔的目光看待一切。然而世事变化不以个人意志为转移，物竞天择，适者才能生存。我们喜欢把自己的意愿强加给别人，却忘记了"己所不欲，勿施于人"。所以，想要改变世界就要从改变自我做起，想要影响他人首先要完善自己。

文 杨伟静

成功在于管理自己 文 清风慕竹

管理自己就意味着必须同自己的懒惰、安逸、放纵作斗争，把时间和精力全部集中于目标，唯有如此，一个人才能战胜自己，而战胜了自己，也便战胜了世界。

　　他叫乔慧存，是一个普通平民家庭的子弟，用他自己的话说智力中等，没有任何足以傲人的资本，是什么助力使他走到成功的镁光灯下？

　　志向？似乎是必不可少的。十几岁时他去一工程队搬砖挣钱，结果无法忍受每天受到这样的刺激：午饭，包工头儿满嘴流油地吃烧鸡，而他吃的是土豆白菜，在旁边只有闻香味儿、咽口水的份儿。他心里觉得不平等，恨恨地想，自己一天天不该只为了两块四毛八分钱活着。这是一种最原始的冲动，也是一个人获得持久动力的源泉，毕竟一个人的成功都是首先从梦想开始的。但谁又没有梦想呢？有的人的梦想可绝不仅仅是吃上烧鸡。

　　专家们似乎都注意到了这样一个细节，就是他的跑步。刚上中专时，乔慧存和寝室的其他同学都养成了共同的生活习惯，早晨都不吃早饭，8点爬起来直接去上课。有一天他忽然为这种懒散的生活习惯而懊悔，决心改变它。他决定提早两小时，每天早晨6点起床跑步。可这对年轻人来说并不是一件简单的事，因为东北的冬天多冷啊，零下二十几度，一出被窝冻得要命。第一天起得非常艰难，一屋人都睡着，他咬牙坚持爬了起来。他看了一种理论,说人用3周时间就能改变一种习惯。3周时间也算不上长,他想,坚持吧,事实上只用了4天时间,他就不再有不舒服的感觉,不再需要进行激烈的思想斗争了。这一跑,就是4年。

跑步算不得什么稀奇,但4年不间断地坚持跑步,它所展示的却是一个人的自律,那实际上是一种对自我的管理能力。

中专的校长说,"懂技术,能管理,会一门外语,是复合型人才的标志"。复合型人才就成了乔慧存的目标,那就必须学好外语。他写了一篇日记,列举出了学好外语的10点理由。刚开始学外语走的是一条很笨的路子。从中专第二年一直到毕业,每天晚上乔慧存就站在走廊里,用小收音机听大连外国语学院的美国英语讲座,一直听到11点,听完了再去睡觉。乔慧存中专上了4年,几乎没看过电视、没读过小说。琼瑶小说在班上几乎都传遍了,每个人都读。但他愣是一本没碰。要知道那时他还只是一个十几岁的孩子,如何能抵挡得了玩儿的诱惑?乔慧存后来回忆说:"我的动力和毅力来源于我的梦想——成功。我有成功的欲望,而且非常强烈,越强烈我越想实现它。如果我去看琼瑶小说,我会很内疚,会觉得对不起父母,他们对我有那么多期待,而我却在这里看小说。"

19岁时,乔慧存中专毕业后到了当地一家啤酒厂上班,可他的自学并没有结束。工厂的学习环境和气氛很差,大家只喜欢喝酒和赌博。面对身边工友的邀请,乔慧存说:第一我不会打牌,第二也不会喝酒,就坐门口给大伙儿把门吧。这样一个看门的角色,使他可以坐门口看他的《新概念英语》。整整5年时间,他把一至四册老老实实看了5遍,反复地折腾。

英语这一学,就坚持了11年。而恰恰是英语改变了他的命运。

乔慧存不满意工厂的环境,决意先读两年研究生,充实一下自己,然后再作抉择。考研前,他挨个儿去见导师,都不愿要,原因是没录取过中专生,怕他即使考上了也跟不上。

　　但考试时,乔慧存的英语成绩排名第一,复试也是第一。33人报考,最后录取了3个人。考取研究生是乔慧存命运的转折点,这段经历为他打开了发展的空间,他先在中信供职,后又在北京开办了自己的咨询公司。公司的事业发展顺利,甚至在争取一个重要项目中击败了世界知名的M国际咨询公司,这家公司为这单生意整整准备了两年时间。但也正是在和它的交手中,乔慧存感受到了危机,他想不能止步于现有的东西,而应该掌握世界一流的管理思想。他选择了连续8年在全美排名第一的沃顿商学院。当然被录取也不是一件简单的事,它每年只在中国招收20名学生。退缩不是乔慧存的性格,一次考试不行就两次,两次不行就三次,结果在两年时间里,他光是GMAT就考了6次,雅思3次、托福1次,最终他如愿以偿。

　　人都不缺少想法,缺少的是为实现这种想法而严格管理自己的能力。一种好习惯的培养需要对自己的管理,一种持之以恒的坚持需要对自己的管理,一种对种种诱惑的拒绝也需要对自己的管理。亚里士多德说,人反复做什么事,他就是什么人。成功就是经年累月、不厌其烦地重复做一件事,没有强烈的自我管理意识和顽强的自律精神,是不可能坚持这种重复的。

　　管理自己就意味着必须同自己的懒惰、安逸、放纵作斗争,把时间和精力全部集中于目标,唯有如此,一个人才能战胜自己,而战胜了自己,也便战胜了世界。

管理加油站

　　"人生有梦不觉寒。"梦想是一个人奋发向上的原动力。成就梦想离不开永不懈怠的坚持和努力。因为人的精力是有限的,所以朝秦暮楚的结果,只能是样样皆通却样样稀松。倘若我们能够做到始终如一,并且持之以恒地提高自身的素养和能力,那么梦想的实现就指日可待了。

文 杨伟静

　　人们在遇到困难的时候，总是习惯性地去祈祷，希望能够得到外力的援助。但是，只要我们细想就会发现，即便世界上真的有能够援助我们的外力，我们脚下的路还是要由我们自己来走。那个真正能够挽救我们，改变我们命运的人，不是别人，正是我们自己。所以，要想真正改变自己的命运，就从战胜昨天的自己开始吧。

第**6**辑
画出最丑的自己

　　萨班哲是土耳其的超级富豪，然而，这位富豪却有个与他的财富一样"杰出"的怪癖:他供养着一群土耳其最好的漫画家并让这群漫画家随心所欲地画他自己的漫画，谁画得最丑，谁就能得到大大的一笔奖励。工作之余，萨班哲就徜徉在大厅里，一幅一幅地欣赏着自己的"靓照"。

　　人生难免有一些无法回避的缺憾和磨难，就像面对最丑的自己，既然无法选择，就不如坦然面对。萨班哲不仅是个富人，更是一位智者。

画出最丑的自己 文 查一路

> 画最丑的自己,一点一点去接受。如果看到最丑的自己,依然那么开心,那就意味着已经成功地训练自己爱上了生活中的缺憾。是的,它很丑,但你必须爱它,否则无法接受。生命的宽广,正在于接受那些宁死也不想接受的事实。

　　萨班哲是土耳其的超级富豪,其庄园和产业几乎覆盖了土耳其大部分国土,符号"SA"是他的产业的标志,而土耳其的国民,对"SA"符号的稔熟,如同每天早晨开门看到的阳光。

　　然而,这位富豪有个令人大惑不解的怪癖。他供养着一群土耳其最好的漫画家,在一间豪华的大厅里,他让这群漫画家随心所欲,画他萨班哲自己的漫画,谁画出了最丑的萨班哲,谁就能得到大大的一笔奖励。结果,萨班哲的每一个丑陋之处,都被无限地放大和夸张。这群漫画家整天琢磨、挖掘着萨班哲的"闪光点",甚至一颗小痣,都被演变成黑鸦的脑袋。

　　工作之余,萨班哲徜徉在大厅,一幅一幅地欣赏着自己的"靓照"。他很快乐,他看到了在美酒、鲜花、掌声和赞誉后那个不一样的自己。

　　公众不理解的是,他就是再想了解真实的自己,也可以照照镜子,何必拿自己的相貌开涮?

　　有人说可能萨班哲很另类,有人说可能萨班哲很风趣,有人说可能萨班哲很有幽默感,有人说可能萨班哲喜欢真实,有人说萨班哲是在惩罚自己。

可是,我觉得萨班哲是在做一种心理体操。因为萨班哲幸运亦不幸。这位超级富豪育有一儿一女,不幸的是,这一儿一女,均有弱智的残障。现实的真实总是残酷得让人寒彻肺腑。作为一个父亲,谁也无法接受。生活的磨难,意味着让你选择——那些你不想作出的选择。

画最丑的自己,一点一点去接受。如果看到最丑的自己,依然那么开心,那就意味着已经成功地训练自己爱上了生活中的缺憾。是的,它很丑,但你必须爱它,否则无法接受。生命的宽广,正在于接受那些宁死也不想接受的事实。

管理加油站

人贵有自知之明。但是事实上,并不是每个人都能够做到自知。在我们的身边就有很多这样的同学,他们对自己的优点、缺点、兴趣以及性格等都缺乏准确的了解,所以有时候我们就会看到有些过于自负或者过分自卑的同学。学习中,我们每个人都应该对自己做出恰如其分的估价,既不能狂妄自大,也不要妄自菲薄。对自己存在的不足与缺陷,要勇于承认,并努力弥补。防止过高或过低地错估自己。正视现实,一切从实际出发。

文 张 霞

让生命化蛹为蝶 文 明飞龙

> 是的,有些东西我们无法改变,比如低微的门第、丑陋的相貌、痛苦的遭遇,这些都是我们生命中的"茧"。但有些东西则人人都可以选择,比如自尊、自信、毅力、勇气,它们是帮助我们穿破命运之茧,由蛹化蝶的生命之剑。

　　一个小孩,相貌丑陋,说话口吃,而且因为疾病导致左脸局部麻痹,嘴角畸形,讲话时嘴巴总是歪向一边,还有一只耳朵失聪。他的母亲陷入深深的痛苦之中:"一个来到世界上没几年的孩子,就要开始伴随不幸命运的折磨,他以后怎样生活啊?"但她除了对孩子倍加爱护之外,还能做些什么呢?

　　然而,也许这孩子注定是个生活的强者。他比一般的孩子更快地走向成熟,面对其他孩子的嘲笑、讥讽的话语和目光,他默默地忍受着,他自卑,但更有奋发图强的意志。当别的孩子在玩具中打发时间时,他则沉浸在书本中,其中有很大一部分书是成人读物,他却读得津津有味,因为他从中学到了坚强,学到了一种永不放弃的品质。

　　为了矫正自己的口吃,他模仿古代一位有名的演说家,嘴里含着小石子讲话。看着嘴巴和舌头被石子磨烂的儿子,母亲心疼地抱着他流着眼泪说:"不要练了,妈妈一辈子陪着你。"懂事的他替妈妈擦着眼泪说:"妈妈,书上说,每一只漂亮的蝴蝶,都是自己冲破束缚它的茧之后才变成的,如果别人把茧剪开一道口,由茧变成的蝴蝶是不美丽的。我要做一只美丽的蝴蝶。"

后来,他能流利地讲话了。因为他的勤奋和善良,他中学毕业时,不仅取得了优异的成绩,还获得了良好的人缘。他周围的人,没有谁会嘲笑他,有的只是对他的敬佩和尊重。这时,他母亲为他找到了一份不错的工作,她希望自己的儿子尽量顺利些。但他同样对母亲说:"妈妈,我要做一只美丽的蝴蝶。"

1993年10月,博学多才、颇有建树的他参加全国总理大选。他的对手,居心叵测地利用电视广告夸张他的脸部缺陷,然后写上这样的广告词:"你要这样的人来当你的总理吗?"但是,这种极不道德的、带有人格侮辱地攻击招致大部分选民的愤怒和谴责。当他那成长的经历被人们知道后,赢得了极大的同情和尊敬,他说的"我要带领国家和人民成为一只美丽的蝴蝶"的竞选口号,使他高票当选,并在1997年再次获胜,连任总理,他的"我要成为一只美丽的蝴蝶"也成为名言被人们广为传诵,人们亲切地称他是"蝴蝶总理"。

他就是加拿大第一位连任两届跨世纪的总理让·克雷蒂安。

是的,有些东西我们无法改变,比如低微的门第、丑陋的相貌、痛苦的遭遇,这些都是我们生命中的"茧"。但有些东西则人人都可以选择,比如自尊、自信、毅力、勇气,它们是帮助我们穿破命运之茧,由蛹化蝶的生命之剑。也许我们总是羡慕那些不经意间便在理想之路上走了很远的人们,那毕竟是少数的幸运儿。总有一天我们会明白,就大多数人来说,那些背负着人生苦难的重荷一步步慢慢向前,一直坚持到最后的人们,才是走得最远最好的。

管理加油站

每个人的一生当中都会遇到各种各样的忧虑和烦恼,如果我们一味地徘徊在痛苦当中,我们的前途只会越加渺茫。所以,只有我们抛开世俗的偏见,通过自身的努力,才能够获得成功。世俗的杂音蒙蔽不了智慧之人的心灵,因为他们能够及时抹去他们心灵上的尘埃,

让心灵犹如明镜般照出真正的自己。我们只有善于抹去心灵的尘垢,才能够听到成功的凯旋之音。

文 张 霞

狮子的悲哀 文 绘 丹

从自然法则和科学角度而言,狮子的做法人类无法干涉和指责,但从狮群无法壮大的角度来看,不能不说这是狮子本身的一种悲哀。因为它们并不清楚:其实,它们在天敌甚少的优势下,却败给了自己。

热带草原,生机盎然。可繁盛的背后,也潜藏着无数的危机,天气干燥、弱肉强食……使这里的许多动物时刻面临着生存考验。

科学家的统计结果表明:无论哪个种群,能够自然老死的动物的数量,几乎没有超过种群总数的50%,这其中食草动物的存活率更低。这也不难理解,除了天灾,食草动物还有众多的天敌,它们无时无刻不身处险境之中,稍不留神,就会沦为狮子、花豹和鬣狗等食肉动物的美餐,这是大自然的法则,也是生态平衡的需要。

按理说,天敌越少的动物,存活的几率应当越高,但事实并非如此。比如,大象和狮子的存活率也不高。狮子被称为"万兽之王",它们几乎没有天敌,但狮子的数量远没有其他动物多,这又是为什么呢? 不妨先来看看狮子会遇到哪些危险吧!

首先是天灾,像干旱、大火这样的灾祸,什么动物都难逃一劫。其次是夭折,幼狮一旦走失,没有母狮的保护很难存活。另外就是捕猎,狮群在围捕猎物时,也会遇到困难甚至危险,比如被大象、斑马和长颈鹿踢伤,被野牛和水牛顶死。而狮子又特别好斗,时常去进攻野牛。

然而,动物专家研究发现,以上三种情况并不是狮子存活几率下降的主要原因,它们只占狮子死亡总数的20%。另外80%的狮子又是因何遇难的呢?原来罪魁祸首来自狮群自身。

狮子的家庭一般由一头或两头雄狮和众多母狮以及幼狮组成。落单的雄狮一旦长大成年,就会向某个家族发起进攻,以此来夺取原有狮王的地位。其结果无外乎两种情况:一种是雄狮挑战失利,落荒而逃,甚至搭上性命,当然守护一方有时也会有几头参战的母狮丧命;另一种情况更为惨烈,原有雄狮战死,参战的母狮受伤。更可怕的是为了保证自己的遗传基因,新来的狮王会杀死所有的幼狮。

从自然法则和科学角度而言,狮子的做法人类无法干涉和指责,但从狮群无法壮大的角度来看,不能不说这是狮子本身的一种悲哀。因为它们并不清楚:其实,它们在天敌甚少的优势下,却败给了自己。

许多失利往往都是败给了自己,尤其是那些处于巅峰状态却一落千丈的人或企业。不知人们是否能从狮子的悲哀中得到一点启示。

管理加油站

每个人都是自己最好的帮手,但同时也是自己最大的敌人。这一点,我们在平时的学习中也可以感受到,比如我们在做一道很复杂的应用题时,废了九牛二虎之力终于要做出来了,但就在你觉得成功已经毫无悬念的时候,却一不小心写错了其中一个很重要的步骤,一念之差,就让你的努力全盘皆输。所以,在任何情况下,我们都应该时刻提醒自己,提防那个离自己最近的"敌人"。

文 张 霞

另一种成功 文 刘永隆

吉姆是个意志坚强、积极乐观的人。面对死亡，他没有像鸵鸟一样将头埋进沙子里，逃避现实，消沉失望，而是坦然地接受了命运。他没有被病痛击倒，他从未被击倒，即便他的生命如此短暂，他都仍把握它，把勇气与欢笑永远地留在了人们的心里。

　　纽约附近的小镇卡美，有位14岁的少年，名叫吉姆，他是个可爱的男孩，天生就是顶尖的运动好手。他从小便梦想做一名足球健将。然而，在他刚入中学不久，腿就瘸了，癌症也迅速恶化了。医生告诉他，必须动手术，否则癌细胞会扩散到全身。于是他在手术中失去了一条腿。出院后，他没有像人们担心的那样一蹶不振，相反，他拄着拐杖马上回到学校，高兴地告诉朋友们，说他将会安上一条木头做的腿，他说："到时候，我便可以用图钉将袜子钉在腿上，而你们谁都做不到！"

　　足球赛季一开始，吉姆就立刻回去找教练，问他是否可以当球队的管理员，在练球的几个星期中，他每天都准时到球场，并带着教练训练攻守的沙盘模型。他的勇气和毅力感染了全体队员。有一天下午他没来参加训练，教练非常着急，后来才知道他又进医院做检查了，并得知吉姆的病情已恶化为肺癌。医生说："吉姆只能活六周了……"

　　吉姆的母亲决定不告诉他这件事情，他们希望在吉姆最后的时间里，让他平静地度过。所以吉姆没有住院又回到了球场，带着笑容来看他的队员和教练，给他们加油鼓劲儿。正是由于他的鼓励，球队在整个赛季中都保持着不败的纪录,最终夺冠。为庆祝胜利,他们决定举行庆功宴,准备送一个有全体球员签名的球给吉姆,但是他们等待了很久,也没有看见吉姆的身影出现在宴会上。

几周后,吉姆又回来了。他的脸色苍白惨淡,但仍是老样子,笑容满面,和朋友们有说有笑。教练看见他,故意责问他为什么没来参加宴会,其他的队员也开玩笑说他没能大吃一顿。"教练,你不知道我正在节食吗?"他的笑容掩盖了脸上的苍白。而事实上,宴会那天吉姆病情突然发作,经过紧急抢救才从死神的手里回到人间。从那以后的每一天,吉姆都只能摄取少量的食物维持生命。

一位队友拿出要送给他的足球对他说:"吉姆,要不是你,我们不可能取得这样好的成绩。"吉姆激动地流下了泪水。当他听着教练和队员们讨论下个赛季的计划时,吉姆又一次流泪了。因为他知道自己可能再也看不到球队夺冠了。

吉姆离开球场时,回过头,以坚定冷静的目光看着教练和队员说:"再见,朋友们! "

"你的意思是我们明天见,对不对? "教练问。

吉姆的眼睛立刻亮起来,微笑道,"是的。别替我担心,我不会有事的。"

两天后,球队接到了吉姆死去的消息。

吉姆是个意志坚强、积极乐观的人。面对死亡,他没有像鸵鸟一样将头埋进沙子里,逃避现实,消沉失望,而是坦然地接受了命运。他没有被病痛击倒,他从未被击倒,即便他的生命如此短暂,他却仍把握它,把勇气与欢笑永远地留在了人们的心里。吉姆没有用自己的双脚夺得足球冠军,可是谁能说他失败了呢?

管理加油站

失败和成功仅仅是一墙之隔,如果你一味地仔细端详自己的缺点,那么便会无限度地放大缺点,进而联想到自己其他方面的不足。

而一个成功者却会不断地鼓励自己，积极地把自己的优点和成功联系起来。

在命运面前，吉姆是不幸的，但也正是这种不幸显示出了他的幽默和睿智。虽然在生命的最后，幽默和睿智没能战胜残酷的病魔，但是在所有人眼中，吉姆都是一个顽强的成功者。

文 杨伟静

化了妆的祝福 文 黄小平

这些与苦难相伴的人之所以能取得人生的成功，就是因为他们把苦难当做化了装的祝福，用一颗积极、乐观和坚强的心去面对它，去接纳它，从而拥有了辉煌的人生。

"人生有苦难，有重担，人性有邪恶，有欺凌，但是到后来这些都对我有益处，苦难是化了装的祝福。"说这番话的，就是世界电磁学的奠基人、电磁感应定律的发现者法拉第。

苦难是化了装的祝福，这正是法拉第也是许多成功人士的人生写照。

法拉第出生在一个贫穷的铁匠家里，因为家里没钱供他上学，他仅读到小学毕业。在他成长的过程中，由于他学历低，一路被人轻视，常被人骂做"笨人"，然而，就是这个"笨人"，推动了世界文明的进程和发展，为人类社会作出了巨大的贡献。

法拉第和世上一切成功人士一样，他们之所以成功，就是因为他们把苦难当做化了装的祝福，把黑夜当做抵达黎明的必经通道，面对苦难和黑夜,他们不是悲观叹气,而是积极进取,去迎接人生的日出。

——他的整个人生几乎都为疾病所缠,正如他的儿子所说:"我的父亲40年来,没有度过一天健康的生活。"可是,他没有被疾病击倒,他把疾病当做一份化了装的祝福,当做命运对他的特别恩宠,他在疾病中奋发进取,不懈追求,终于,他创立的物种起源和进化论学说,深刻地影响了整个世界。他就是达尔文。

——她8岁就患上了一种怪病,听觉渐渐退化,到了12岁,听力完全消失,成了100%的聋子。可身体的缺陷并没有阻碍她对音乐的向往和狂热追求,不到30岁,她便已经是古典音乐中打击乐演奏的大师,被世界公认为时下打击乐女皇。她就是苏格兰音乐家依莲·格莲妮。

——他是纳粹大屠杀幸存者的儿子,4岁时不幸患上小儿麻痹症,腰部以下完全瘫痪。可今天,他的艺术成就无人能及,他的经典作品《辛德勒名单》、《闻香识女人》、《走出非洲》等享誉全球。他就是世界著名作家伊扎克·帕尔曼。

——他是一位年轻的发明家,带着自己的发明游说了20多家公司。在7年的时间里,在遭遇无数次挫折后,终于说服了纽约一家小公司购买他的专利——静电复印,后来这家小公司靠着他的这项发明,迅速发展起来,成为世界商业巨人。这就是施乐公司,那位年轻的发明家就是切斯特·卡尔森。

这些与苦难相伴的人之所以能取得人生的成功,就是因为他们把苦难当做化了装的祝福,用一颗积极、乐观和坚强的心去面对它,去接纳它,从而拥有了辉煌的人生。

管理加油站

苦难是化了妆的祝福,苦难同时也是化了妆的快乐。如果我们

每个人都能够从另一个角度看待成长过程中遇到的挫折和不幸,将它们看成是人生路上必不可少的磨炼,看成是为成功积累的资本,看成是一个崭新的起点……那么,我们每个人都会在自己的人生旅途中找到属于自己的幸福。

文 杨伟静

挺住危难 文 胡建新

> 艾森豪威尔以自己的勇敢和意志挺住了危难,战胜了病魔的侵袭和死神的威胁。也许,正是这种坚毅不屈的性格,使他在以后的人生道路上始终笑对各种艰难困苦,终于获取最高权力,成为美国历史上政绩显赫、颇受民众爱戴的总统。

    一个13岁的男孩放学后奔跑着回家,一不小心摔了一跤,当时只是擦破点皮,连疼痛的感觉都没有。可到了晚上,那膝盖突然疼了起来,他毫不理会这疼痛,默默地忍受着,没有告诉任何人。第二天早晨,他的腿已经疼得非常厉害,但他仍然默默无语,照例按时起床,吃完早饭,喂好牲口,然后若无其事地去上学。

    第三天早晨,他的腿疼得连走路都十分困难了,更无法去牲口棚喂牲口了。他母亲发现了,看到他那条肿胀得不能脱下靴子和袜子的腿,伤心地哭了:"你怎么不早说呢?"母亲一边用刀把靴子和袜子从他的脚上割下来,一边哭喊着:"快去叫医生来!"医生看了那条腿,连连摇头:"太晚了,只能锯掉这条腿了。""不!"男孩大叫起来,"我不让你锯,除非我死!"

医生无奈地离开了房间。男孩忍住剧痛,对他的哥哥说:"如果我神志不清的话,千万不要让他们锯我的腿。你要替我发誓,发誓!"哥哥答应了他的要求,两天两夜一直守护在他身旁。他的体温越来越高,并开始胡言乱语。但他还是没有任何退让的迹象,嘴里咬着叉子,不让自己疼得叫出声来,全家人都守在他的身边,含着眼泪看着他痛苦而顽强地挣扎着。

医生一次次过来,又一次次回去。最后,出于一种无助而又无奈的气愤,医生大喝一声:"你们都在看着他死!"可是,奇迹偏偏在不久后发生。当医生又一次过来时,他看到了一个惊人的变化:那条肿胀的腿消退下去了。三个星期后,男孩终于战胜了腿残和死亡的危险,奇迹般地站了起来。

这位13岁就学会临危不惧、勇敢面对生活的男孩,就是后来成为美国总统的德怀特·艾森豪威尔!

艾森豪威尔以自己的勇敢和意志挺住了危难,战胜了病魔的侵袭和死神的威胁。也许,正是这种坚毅不屈的性格,使他在以后的人生道路上始终笑对各种艰难困苦,终于获取最高权力,成为美国历史上政绩显赫、颇受民众爱戴的总统。

管理加油站

在漫长的人生旅程当中,每个人都不知道接下来迎接自己的将会是什么。灾难往往就会在你猝不及防的时候悄然而至,让你措手不及。在灾难面前,艾森豪威尔用自己的勇敢和意志战胜了病魔的侵袭和死神的威胁。其实,面对突如其来的灾难,只要我们临危不惧,就一定会得到胜利之神的眷顾。

文 李元军

向自己突围 文 陈文杰

> 生命是永远值得期待和希望的,它蕴含着太多的可能与无限的潜能。有时候,山重水复疑无路之际,你需要做的,就是向自己突围。

在所有能飞的动物里,大黄蜂是一个另类。据说,曾经有几位动物学家一起探讨动物飞翔的原理,得出一致的结论:凡是会飞的动物,其形体构造必须是身躯轻巧而双翼修长的。话音刚落,恰巧数只大黄蜂飞临现场,在座的动物学家见状,顿时面面相觑,一阵尴尬。

于是,他们带着一只大黄蜂标本,前去请教一位物理学家。这位物理学家仔细地揣摩了半天,望着大黄蜂如此肥胖、粗笨的体态再配上一对短小的翅膀,最后也困惑地摇摇头:不可思议。因为根据流体力学原理,它应该是飞不起来的。

无奈之下,他们又请来了一位社会行为学家,不等听完他们的解释,这位社会行为学家就笑了,不无幽默地说:这难道会是一个问题吗?答案很简单呀!奥秘就是:今生,它必须飞起来,否则,大黄蜂只有死路一条。幸亏它没有学过生物学,也不懂什么流体力学,否则,大黄蜂可能从此再也不想、也不敢飞起来了。

在人生的历程中,经验和学识的确是岁月馈赠给人们的财富,是人们走向成功的垫脚石,也正因为它是如此的珍贵,我们总难以领悟到:有时候,它也会转化成无形的包袱或绊脚石,让我们在不知不觉中自我设限、故步自封,最终成为重重的"心障",横亘在眼前,屏蔽了前方更为高远的目标,从而制约和扼杀了自己生命的潜能。

生命是永远值得期待和希望的,它蕴含着太多的可能与无限的潜能。有时候,山重水复疑无路之际,你需要做的,就是向自己突围。

**管理加油站**

经验和学识对任何人来说都是一笔珍贵的财富,但是,有很多时候这笔财富也会让一些简单的问题变得无限复杂化。这个时候,就是我们自己把自己迷惑了,所以,我们需要适时地从一些固有的圈子当中勇敢地跳出来,挑战自己的潜能,向自己突围。

文 李元军

把自己推向前方 文 李　明

曾有一家外国媒体在菲律宾做过这样的一个民意调查:为什么喜欢阿罗约做总统? 有一个选择是大家公认的:有勇气,有胆量,有不怕牺牲、不畏艰险的冒险精神。

虽然她的父母都是贵族,并有着显赫的地位,但因为她从小身材矮小,相貌平平,不仅同龄的男孩子不愿和她玩耍,就连女孩子也常常向她吐舌头。她唯一的一位朋友怕她承受不住打击曾劝她休学,从此不要出门,反正家里要啥有啥,有花不完的钱,但她却对朋友的劝告报之一笑。学校有什么活动她不仅积极踊跃地参加,而且同学之间有什么聚会她更是不请自来。虽然她个子矮小体检不合格,但因为那次募捐演讲她第一个勇敢地走上前台,学校破例把去国外大学深造的机会留给了她。

毕业后,获得了经济学博士学位的她,因家族的威望和自己不懈的努力,年纪轻轻就顺利地当上了某政府部门的高级职员。每逢部门开会,同事们往往怕得罪人而很少发言,可她每次都第一个站起身来对部门的一些弊病进行果敢严厉地批评。

散会后,不少同僚都来劝她说:"你的前途很令人担忧,以你的条件,能在这样好的部门工作已经是奇迹了,老老实实把本职工作干好,别只顾着出风头,少惹些是非才对啊!"

对于同僚的劝告,她并没有放在心上,仍然坚持自己的原则和一贯的处世作风,用自己三分之二的精力来做事,另外的三分之一则用来冒险。

后来,这位出生于菲律宾邦阿西楠省身高仅1.5米的丑姑娘,凭借着自己果敢的勇气和冒险精神,在国家非常时期对政治经济大胆提出一揽子的改革建议,成为菲律宾人民拥护的新经济模式改革的带头人,她就是菲律宾的"铁娘子",现任总统阿罗约。

曾有一家外国媒体在菲律宾做过这样的一个民意调查:为什么喜欢阿罗约做总统? 有一个选择是大家公认的:有勇气,有胆量,有不怕牺牲、不畏艰险的冒险精神。

管理加油站

曾经的丑女孩,今天的一国元首,凭借自己的冒险精神和改革创新能力,得到了人民的一致赞誉。阿罗约之所以能够拥有今天的辉煌以及才华极尽施展的潇洒,全都得益于她的勇气和胆量,得益于她敢于将自己推向前方。所以,如果你想创造人生的辉煌,就要抓住一切机会,果敢坚决地将自己推向人生的前方。

文 李羽漾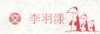

我母亲选择的生活 文 （美）玛利亚·拉希安提

我决定尽可能充实地生活,设法超越我身体的缺陷,扩展自己的思想和精神境界。我可以选择为孩子做个好榜样,也可以在感情上和肉体上枯萎死亡。

小时候我像大多数小孩子一样,相信我的母亲无所不能。她是个活力充沛、朝气蓬勃的女性,打网球,缝制我们所有的衣服,还为一家报纸撰写专栏。我对她的才艺和美貌崇敬无比。

她爱请客,会花好几个小时做饭前小吃,摘下花园里的鲜花摆满一屋子,并将家具重新布置,让朋友好好跳舞。然而,最爱跳舞的是母亲自己。

我会入迷地看着她在接待客人前的盛装打扮。直到今天,我还记得我们喜爱的那条配有深黑色精细网织罩衣的黑裙子,把她的金黄色头发衬托得美轮美奂。然后,她会穿上黑色高跟舞鞋,成为在我眼中全世界最美的女人。

可是在她31岁时,她的生活变了,我的也变了。

突然之间,她因为长了一个良性脊椎瘤而至瘫痪,平躺着困在医院病床上,从此以后她便永远不能恢复以前的样子了。

她尽力学习一切有关残疾人士的知识,后来成立了一个名叫残疾社的辅导团体。有天晚上,她带我的妹妹和我到那里去。我从没见过那么多身体上有各种不同残疾的人。她还介绍我们认识一些大脑麻痹患者,让我们知道他们大都和我们同样聪明。她又教我们怎样和弱

139

智的人沟通,指出他们日常都很亲切热情。

由于母亲那么乐观地接受了她的处境,我也很少对此感到悲伤或怨恨。可是有一天,我家举行一个晚会。当我看到微笑着的母亲坐在旁边看她的朋友跳舞时,突然醒悟到她的身体缺陷是多么残酷。我脑海里再度映现当年母亲容光焕发、翩翩起舞的倩影,不知道她自己是否也记得。我朝她挨近时,看到她虽然面带笑容,却热泪盈眶。我的心情再也无法保持平静,奔回自己的卧房,哭了起来。

我长大后在州监狱署任职,母亲毛遂自荐到监狱去教授写作。我记得只要她一到,囚犯便围着她,专心聆听她讲的每一个字,就像我小时候那样。

她甚至在不能再去监狱时,仍与囚犯通信。有一天,她给了我一封信,叫我寄给一个叫韦蒙的囚犯。我问她信可不可以看,她答允了,但她完全没想到这信会给我多大的启示。信是这么写的:

亲爱的韦蒙:

自从接到你的信后,我便时常想到你。你提起关在监牢里多么难受,我深为同情。可是你说我不能想象坐牢的滋味,那我觉得你错了。

监狱是有许多种的,韦蒙。

我31岁时有天醒来,人完全瘫痪了。一想到自己被囚在躯体之内,再也不能在草地上跑或跳舞或抱我的孩子,我便伤心极了。

有好长一阵子,我躺在那里问自己这种生活值不值得过。我所重视的所有东西,似乎都已失去了。

可是,后来有一天,我忽然想到我仍有选择自由。看见我的孩子时应该笑还是哭? 我应该咒骂上帝还是请他加强我的信心? 换句话说,我应该怎样运用仍然属于我的自由意志?

我决定尽可能充实地生活,设法超越我身体的缺陷,扩展自己的思想和精神境界。我可以选择为孩子做个好榜样,也可以在感情上和肉体上枯萎死亡。

自由有很多种,韦蒙。我们失去一种,就要寻找另一种。

你可以看着铁槛,也可以穿过铁槛往外看。你可以作为年轻囚友的做人榜样,也可以和捣乱分子混在一起。你可以爱上帝,设法认识他,你也可以不理他。

就某种程度上说,韦蒙,我们命运相同。

看完信时,我已泪眼模糊。然而,我这时才把母亲看得更加清楚。我再度像一个小女孩对无所不能的母亲崇敬万分。

管理加油站

无论我们的人生处在怎样的阶段,无论我们此时的处境如何,我们每个人都会始终拥有选择的自由:选择快乐或者痛苦,选择坚持或者放弃,选择微笑或者哭泣……其实,在漫长的人生旅途中,无论我们做出何种选择,最终我们都将慢慢老去,那么我们为何不选择快乐地微笑呢? 让自己在嘴角上扬的欣喜中度过充实的每一天。

文 李羽漾

苏格兰舞曲 文 祈 奇

人生有很多不完美的东西，只有正视残缺，才能用正确的态度来对待它。假如过分在意，一心掩盖，反而会弄巧成拙，也使别人更加注意你的缺点。

　　西莉亚天生有一张姣好的面容，她自幼学习艺术体操，身段匀称灵活。可是很不幸，一次意外事故导致她下肢严重受伤，一条腿留下后遗症——走路有一点瘸。

　　这点残疾对别人来说或许不算什么，但对追求完美的西莉亚来说，被毁掉的不仅是自己的前途，更是她的全部生活。她甚至不敢走上街去，因为害怕看见别人注视自己残腿的目光。

　　作为一种逃避，西莉亚搬到了约克郡乡下。一天，小镇上一个叫雷诺兹的中学音乐老师来敲西莉亚的门。他说："我班里的一个学生，很希望成为感恩节晚会上苏格兰舞曲的领舞，我想请您教她。"

　　苏格兰舞是一种大型群舞，参与者根据领舞者的动作在舞蹈中变换队形交替舞伴。这种舞蹈通常要由一对熟悉跳舞的男女担任领舞。

　　西莉亚有些奇怪。她问雷诺兹："你怎么会找到我？"雷诺兹笑笑说："我在伦敦看到过您表演的艺术体操。"雷诺兹非常诚恳，西莉亚犹豫了一下，但还是答应了。

　　翌日，雷诺兹准时领着学生来了，他还带了一个半旧的手风琴伴奏，为了不让他们察觉自己残疾的腿，西莉亚特意提早坐在一把藤椅上。可那个学生偏偏天生笨拙，连起码的乐感和节奏感都没有。

终于,当那个学生再一次跳错时,西莉亚不由自主地站起来给对方示范要领。不过是一个带旋转的交叉滑步动作。西莉亚一转身,便敏感地看见那个学生的目光正盯着自己的腿,一副惊讶的神情。她忽然意识到,自己一直刻意掩盖的残疾在刚才的瞬间已暴露无遗。这时,一种自卑让她无端地恼怒起来。她猛地一挥手,做了停止的手势道:"够了,一切到此为止,我不愿为一只菜鸟浪费时间了。"那个学生顿时不知所措。她委屈地看着西莉亚,再看看自己的音乐老师,然后就转身跑掉了。

雷诺兹站在一旁,默默望着西莉亚,他明白西莉亚恼怒的真正原因。过了片刻,他说:"你一定奇怪为什么我会选一只'菜鸟'当领舞。她的确不是班里最聪明、最讨人喜欢的学生。直到我看了她的作文,才知道再过两星期她就满16岁了。她希望自己16岁的感恩节能和一个心仪的男生一起领舞——这对她来说似乎只是个梦想,但我想帮她实现梦想。"

西莉亚有些不知所措了,她满心歉疚,说到底,不就是自己有残疾的腿被发现了吗!自己口不择言的恶语肯定给了那个学生不小的伤害。

过了两天,西莉亚破天荒地来到学校,和雷诺兹老师一起等候那个学生,表示愿意继续教她苏格兰舞。因为有过教训,那个学生不太自信地吞吞吐吐道:"可是,恐怕我……我实在学不好。"西莉亚点头说:"当然,如果把你训练成一名专业舞者恐怕不容易,但我保证,你一定会成为一个不错的领舞者。"

这一次,他们就在学校操场上跳,有不少学生好奇地围观。那个学生笨手笨脚的舞姿不时招来同学的嘲笑,她满脸通红,不断犯错,每跳一步,都如芒刺在背。西莉亚看在眼里,深深理解那种无奈的自卑感。她走过去,轻声对那个学生说:"知道你的毛病在哪里吗?假如一个舞者只盯着自己的脚,就无法享受跳舞的快乐,而且别人也会跟着注意你的脚,发现你的错误。现在你仰起脸,面带微笑地跳完这支舞

曲,不要管步伐是不是错。"

　　说完,西莉亚和那个学生面对面站好,朝雷诺兹老师示意了一下。悠扬的手风琴音乐响起,她们踏着拍子跳了起来。其实那个学生的步伐还有些错误,而且她们的动作不是很和谐。但意外的效果出现了——因为她们的愉快起舞,那些旁观的学生居然不再去关注舞蹈细节上的错误,而是被她们脸上的微笑所感染。渐渐地,有越来越多的学生情不自禁地加入到舞蹈中。

　　大家尽情地跳啊跳啊,直到太阳下山,那个学生对西莉亚说:"感恩节的晚会您一定要来参加,让雷诺兹老师做您的舞伴,他的舞跳得可好了。"

　　突如其来的邀请使西莉亚怔了一下,她下意识地看了看自己的腿。而旁边的雷诺兹老师说:"如果你是面带微笑地跳舞,就不会有谁注意你的腿了。"

　　这不是自己说过的话吗?是啊,人生有很多不完美的东西,只有正视残缺,才能用正确的态度来对待它。假如过分在意,一心掩盖,反而会弄巧成拙,也使别人更加注意你的缺点。道理就是这么简单,以前是她自己想得太复杂。

　　这时,雷诺兹老师将手风琴拉了一个曼妙的长音,是苏格兰舞曲的开头。他一边演奏一边走近西莉亚。西莉亚挽住他的手臂——黄昏的阳光里,两个年轻人翩翩起舞……

管理加油站

　　每个人都可能是一个被咬过一口的苹果,如果你过分地在意那块缺了果肉的伤疤的话,别人也会和你一样,盯住它不放。纠缠于残缺的人,将很难走出缺憾的阴影。人生中有许许多多的不完美,我们只有正视残缺,才能够用正确的态度对待它。或许,当我们失去这块果肉的时候,会收获另外一份惊喜。

文 李羽漾 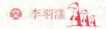